BRIGADE SUD :
LE JEU DU TUEUR

Du même auteur, dans la même série :

Brigade sud : la disparition

BRIGADE SUD :
LE JEU DU TUEUR

JEAN-LUC LUCIANI

RAGEOT

Si j'avais mille âmes, je te les donnerais toutes.
Je n'en ai qu'une, prends-la mille fois.
Proverbe espagnol

ISBN 978-2-7002-3140-3
ISSN 1766-3016

1

« Si vous aimez les histoires qui finissent bien, vous feriez beaucoup mieux de choisir un autre livre. Car non seulement celui-ci finit mal, mais encore il commence mal, et tout y va mal d'un bout à l'autre, ou peu s'en faut. »

Lemony Snicket

En ce jeudi 2 juillet, le hall de l'aéroport Marseille-Provence était rempli de voyageurs en partance pour de mystérieuses destinations estivales. La canicule régnant à l'extérieur n'incitait guère à la découverte des environs, heureusement la climatisation de l'aérogare fonctionnait à plein régime et ce n'était pas du luxe pour tous ces corps en manque de fraîcheur.

Le capitaine de police Gabriel Roullier se tenait en retrait de la foule, guettant l'arrivée des passagers en provenance de la capitale. Il s'amusait à comparer les voyageurs à des abeilles en furie, tournant sans fin dans une ruche aux dimensions exiguës.

Soudain, il aperçut une butineuse à taille de guêpe qui s'avançait vers lui tout sourire.

Gabriel fonça vers elle en écartant les bras.

– Ma fille, dit-il en la serrant contre lui, enfin te voilà ! Si tu savais combien tu m'as manqué. Tu as fait bon voyage ?

Inès tendit son pouce vers le plafond, ce qui dans son langage signifiait : Le vol s'est bien passé et je suis moi aussi très heureuse de te revoir, mon papa adoré !

– Viens, allons récupérer tes bagages.

Ils se présentèrent devant le tapis roulant et Gabriel reconnut presque aussitôt la valise colorée de sa fille. Un cadeau qu'il lui avait fait pour l'inciter à venir le voir plus souvent. Il s'en empara d'une main sûre et filait déjà vers la sortie quand Inès le retint par le bras.

– Attends papa, il y en a une deuxième, dit-elle en désignant une valise rouge qui se présentait en bout de tapis.

La mimique qui se dessina sur le visage de Gabriel témoignait de son étonnement.

– Depuis quand tu as besoin de deux valises pour voyager ?

– Depuis que maman s'est mis en tête qu'il fallait « absolument » que je lise plus.

Gabriel saisit la deuxième valise et manqua chavirer sous son poids.

– Mais elle pèse au moins une tonne ! Ne me dis pas qu'elle est remplie de livres tout de même ?

– Si. À peu près une vingtaine de romans, répondit Inès en grimaçant. Et pas seulement des éditions de poche !

Gabriel avait du mal à suivre.

– C'est quoi cet intérêt soudain pour la lecture ?

Inès recula d'un pas.

– Observe-moi bien papa, tu ne remarques rien ?

Comme toujours, Inès avait oublié que son père était un policier dans l'âme et qu'aucun détail, même le plus infime, ne lui échappait. La réponse ne se fit pas attendre.

– Tu n'as plus tes écouteurs sur les oreilles. Où est passé ton MP3 ?

– Envolé, disparu ! Maman me l'a confisqué pour l'été. Elle pense que j'en abuse et qu'il faut « absolument » que je découvre d'autres passe-temps.

Pour une fois, Gabriel était d'accord avec son ex-femme.

– Puisqu'on parle de ta mère, tu pourrais sans doute l'appeler pour lui dire que tu es bien arrivée.

– Oui, pourquoi pas ?

Gabriel se dirigea vers les cabines téléphoniques. Inès soupira. Son père n'avait toujours pas de portable.

– Papa…

– Quoi ?

– Laisse tomber ! J'appellerai de chez toi.

Gabriel comprit. Il obliqua vers la sortie.

– Du coup, poursuivit Inès, maman m'a fixé comme objectif de lire une vingtaine de romans durant les grandes vacances si je veux récupérer mon MP3 à la rentrée. Ça va pas être facile de visiter l'Italie avec un livre devant les yeux en permanence !

– Il faut toujours qu'elle exagère, murmura Gabriel.

Sitôt dehors, la chaleur se fit oppressante. Au grand étonnement d'Inès, son père ne bifurqua pas vers le parking mais fila droit sur la station de taxis. Un groupe de touristes prenait d'assaut le dernier véhicule.

– Mince, pesta Gabriel, il n'y en a plus de libre !

– Mais tu n'es pas venu avec ta voiture ? s'étonna Inès.

– Elle est chez le garagiste. Je la récupère demain et ensuite cap sur l'Italie.

– Tu aurais pu prendre une voiture de fonction !

– Ma chérie, je ne suis pas censé monopoliser un véhicule de police pour convenance personnelle.

Décidément, pensa Inès, son père ne changeait pas. Toujours aussi vieux jeu.

– Bon, mais en attendant comment on rentre ? insista-t-elle.

Gabriel, qui commençait à se liquéfier sous le soleil, déclara :

– On va prendre le bus !

Inès soupira et suivit son père à contrecœur.

Ils pénétrèrent dans la navette qui assurait la liaison avec le centre-ville de Marseille et aussitôt un sentiment de bien-être les gagna.

– Génial ! s'exclama Gabriel. Le bus est climatisé !

Un doute envahit Inès tandis qu'elle prenait place à côté de son père.

– Rassure-moi, tu ne comptes pas me faire traverser la moitié de l'Italie en plein été dans une voiture qui n'a pas la clim ?

Le capitaine hyperventila, comme il avait appris à le faire, afin de calmer l'accès de colère qui menaçait.

– C'est justement pour ça qu'elle est au garage, souffla-t-il, pour que ma fille respire mieux. Et la planète un peu moins !

– J’y suis pour rien, moi, si la planète se réchauffe ! s’exclama Inès.

Gabriel se dit que s’il lui fallait subir pendant trois semaines ce genre de remarque, les vacances seraient un enfer. Mieux valait mettre le holà immédiatement.

– Ma fille, tu ferais mieux de la boucler.

Inès demeura un court instant pétrifiée, la bouche entrouverte, un peu comme si Brad Pitt venait d’apparaître dans le bus. Satisfait par sa réaction, Gabriel désigna son ventre.

– Je parlais de la ceinture de sécurité, sourit-il. Il faut que tu la boucles.

– Et pourquoi ?

– Parce que c’est la loi, ma chérie. Ce bus ne partira pas tant que tu n’auras pas attaché ta ceinture.

La navette démarra enfin. Inès ouvrit son sac à dos et en sortit un roman.

– C’est quoi ? lui demanda doucement Gabriel.

– Ça s’appelle un livre, répondit-elle le plus sérieusement du monde.

Gabriel laissa échapper un soupir avant de préciser :

– Je voulais juste connaître le titre.

– *Les orphelins Baudelaire*, souffla sa fille. Il y a environ deux cents pages par volume. Et il y a treize volumes. Certains appellent ça une œuvre, moi je pense que c'est une grosse galère !

– Chacun sa vision du monde, lui murmura Gabriel.

À cet instant précis, le bus pénétra sous un tunnel et fut plongé dans l'obscurité.

– D'accord il y a la clim, râla Inès qui n'y voyait plus rien, mais aucun plafonnier ne fonctionne !

Gabriel tenta d'apaiser son rythme cardiaque. Surtout ne pas s'énerver en public. Il feignit d'ignorer l'attitude provocatrice de sa fille et, sitôt sorti du tunnel, concentra son attention sur le paysage qui défilait à toute allure. Des zones commerciales qui, lentement, envahissaient le pourtour de la cité phocéenne.

Un quart d'heure plus loin, ils atteignaient la gare Saint-Charles. Gabriel poussa sa fille du coude.

– Range ton livre, on arrive.

Ils détachèrent leur ceinture de sécurité, bientôt imités par les autres passagers.

Au même moment, le chauffeur freina sèchement en tentant d'éviter un scooter qui déboîtait sans prévenir. Un des passagers glissa lentement sur le côté et tomba dans l'allée centrale.

Gabriel se précipita pour l'aider à se relever.

– Tout va bien ? lui demanda-t-il en s'approchant.

L'homme ne répondait pas. Pas plus qu'il ne bougeait.

Ce n'est que lorsqu'il se pencha sur lui que Gabriel s'aperçut qu'il avait une fine aiguille plantée dans la nuque. Il posa alors sa main sur le cou du passager, cherchant le pouls, ne le trouva pas. Le cœur avait cessé de battre !

La navette se rangeait maintenant le long du quai de la gare routière. Roullier se redressa d'un bloc.

– Police ! hurla-t-il en brandissant sa carte tricolore. Personne ne quitte ce bus sans mon autorisation !

2

« C'était le visage d'un homme fait pour dominer ou être combattu, en aucun cas celui de quelqu'un que l'on pouvait traiter avec condescendance ou pitié. »
Philip Pullman

Les membres de la brigade sud arrivèrent sur les lieux dans le quart d'heure qui suivit et, une fois de plus, Inès put apprécier la redoutable efficacité de son père.

Le capitaine de police lança ses consignes à la volée, à la manière de l'entraîneur d'une équipe bien rodée.

– Jimenez, vous me délimitez un périmètre de sécurité et vous empêchez quiconque d'approcher.

Jimenez, en bon stagiaire qu'il était, avait anticipé l'ordre et déroulait un ruban plastique signifiant que l'endroit était momentanément interdit d'accès au public.

– Garnier et Lacroix, vous me relevez l'identité des passagers et vous me les convoquez en début d'après-midi au commissariat. Et j'en ai rien à faire qu'ils doivent assister à l'enterrement de leur grand-mère ou à un truc dans ce genre ! Qu'ils viennent à quatorze heures, un point c'est tout !

Les brigadiers, habitués à ce type de procédure, avaient dégainé leur carnet de notes dans un même mouvement fluide.

– Et surtout, précisa Roullier, veillez à ce que les passagers ne touchent à rien lorsqu'ils quitteront le bus. La police scientifique ne devrait pas tarder.

Les deux hommes se contentèrent d'un salut réglementaire pour confirmer que le message avait été reçu cinq sur cinq.

– Jacobi, continua le capitaine sur un ton nettement plus doux, vous attendez que le médecin légiste se pointe. Une fois qu'il aura constaté le décès, vous récupérez l'aiguille et vous foncez la faire analyser !

Dans le dos de Roullier, Garnier lança un clin d'œil complice à Lacroix. Les deux hommes étaient des observateurs fidèles et secrets de l'attirance de leur supérieur pour la jolie adjointe de police.

– Faites attention en la récupérant, il se pourrait qu'elle soit empoisonnée. Et dites bien aux gars du labo que je veux le résultat de leur analyse dans la journée ! Sinon, ils peuvent chercher un autre boulot.

Mélaine Jacobi hésita un instant.

– Je plaisantais, ajouta Roullier.

Rassurée, Mélaine fonça récupérer une paire de gants en plastique.

Le lieutenant Bonal s'approcha à son tour, s'épongeant le front avec un immense mouchoir à carreaux.

– Dites-moi capitaine, ça commence à devenir une habitude vos débuts de vacances gâchés, constata-t-il en souriant.

Roullier esquissa une grimace en jetant un œil du côté de sa fille. Inès attendait, prostrée sur un coin de trottoir, que le coupable veuille bien se désigner en levant le doigt pour qu'elle puisse enfin partir en Italie. Mais si cela ne se produisait que rarement dans une salle de classe, cela n'arrivait jamais dans la rue.

Vu la tournure que prenaient les événements, Roullier s'inquiétait à juste titre. Il en connaissait au moins une qui ne se gênerait pas pour lui exprimer sa façon de penser. Sarah, son ex-femme, pourrait à nouveau se plaindre qu'il fasse passer son travail avant sa famille sans qu'il trouve rien à redire.

Elle aurait raison.

Aucun père digne de ce nom ne compromettait deux fois d'affilée les vacances de sa fille unique. Il aurait du mal à se justifier.

– Êtes-vous certain de vouloir vous occuper de cette affaire ? lui demanda Bonal redevenu sérieux. Après tout, vous êtes en congé depuis ce matin…

Roullier lui avait fait un rapide compte rendu de la situation lors de son appel au commissariat et l'avait également informé de son désir de diriger l'enquête.

– Oui, ma décision est prise.

Bonal connaissait trop bien le caractère entier de son supérieur pour insister davantage.

– Qu'attendez-vous de moi ? s'inquiéta-t-il alors.

– Je veux tout savoir sur notre macchabée ! Sa vie, sa famille, ses relations, ses loisirs… Et vous me réunissez l'équipe en fin de journée dans mon bureau.

– C'est parti ! répondit Bonal sur un ton résigné.

À l'arrivée de la police scientifique, les procédures s'accélérèrent un peu plus encore et Inès perdit son père de vue.

Mélaine Jacobi, qui attendait la venue du médecin légiste, vint s'asseoir un instant à ses côtés.

– Salut, dit-elle en souriant.

Inès lui rendit son sourire amical.

– Je suis contente de te revoir, poursuivit l'adjointe de police. Quoi de neuf depuis cet hiver ?

– Pas grand-chose. Je suis juste plus vieille de six mois. Et vous ?

– Moi aussi.

Un ange passa.

– Tout va bien ? s'inquiéta Mélaine.

Les yeux embués de larmes d'Inès se tournèrent vers elle.

– Pas vraiment, répondit-elle d'une voix tremblante. J'ai vu mon premier mort et les vacances avec papa semblent fichues.

Mélaine lui tapota l'épaule.

– Effectivement…

Le médecin légiste arriva enfin en compagnie de Sonia Bahroune, la technicienne de la brigade sud. Une surdouée de l'informatique, leur Dieu à tous. Mélaine se redressa et passa sa main dans la chevelure d'Inès.

– Tu m'excuses ma puce, mais je dois y aller. On se revoit plus tard ?

Tandis que Mélaine Jacobi entraînait le légiste à l'intérieur du bus, Sonia s'approcha du capitaine et demanda tranquillement :

– C'est la merde ?

– La merde noire ! lui répondit-il le plus sérieusement du monde.

– Allez-y, dit-elle, je veux ma part de boulot !

– Vous filez à l'aéroport visionner les enregistrements des caméras de surveillance.

– Ça marche !

Tandis qu'elle s'éloignait, Roullier disparut de nouveau à l'intérieur du bus. Lorsqu'il réapparut, il s'était écoulé une heure et personne ne s'était inquiété de savoir si Inès était en train de mourir de soif, assise à même le pavé.

Gabriel lui fit signe d'approcher. Il avait sa tête des très mauvais jours.

– J'ai bien peur que notre départ soit légèrement compromis, pour l'instant du moins ! lui annonça-t-il sur un ton confus.

Inès esquissa un sourire de circonstance.

– Papa, tu m'as déjà fait le coup à Noël[1].

– Je sais chérie, mais ce matin un homme est mort devant moi, et j'ai besoin de savoir pourquoi.

Elle dévisagea son père. Ses traits avaient durci et dans ses yeux brillait une lueur qu'elle connaissait bien. Celle d'un homme déterminé à aller jusqu'au bout. Fidèle à l'image qu'elle avait de lui.

– Bon c'est d'accord, mais si tu n'as rien trouvé d'ici trois jours, on file en Italie. Et pour le retard pris, j'aurai droit à un bonus.

1. Lire *Brigade sud : la disparition*.

– Quelle sorte de bonus ?
– On tire jusqu'à Venise !
Gabriel leva la main droite.
– Promis, juré ! Dans trois jours, je refile le bébé au lieutenant Bonal et cap sur la cité des Doges.
– Ça marche pour moi, mais tu auras du mal à convaincre maman.
Roullier le savait déjà et évitait d'y penser, histoire de retarder le plus possible l'affreuse migraine qui ne manquerait pas de lui grignoter le cerveau quand il aurait Sarah au téléphone et lui annoncerait que leur départ était retardé.
– Tu as de quoi t'occuper durant ces trois jours ? s'inquiéta Gabriel.
Inès désigna la valise rouge remplie de livres.
– Pas de soucis, j'ai de quoi faire.
– Parfait.
Et tandis qu'il retournait vers la scène de crime, la voix de sa fille monta dans son dos.
– Et puis, je pourrai aussi te donner un coup de main pour l'enquête. N'oublie pas que je veux devenir policière !

3

« Le monde étroit et confus qu'il avait devant les yeux commença à se préciser et à s'éclaircir, comme un décor déployé sur une scène. »

Garth Nix

Après un détour par l'appartement de son père où Inès abandonna ses valises, ils regagnèrent les locaux de la brigade. Ceux-ci étaient situés face au Vieux-Port et la beauté du paysage permettait d'oublier parfois la dureté du métier.

Roullier installa sa fille dans une pièce inoccupée au deuxième étage du commissariat.

– Tu m'attends là, je te récupère en début de soirée et je t'emmène manger en bord de mer. Ça marche ?

Inès le rassura d'un sourire.

– Ne t'inquiète pas pour moi. Dépêche-toi plutôt de trouver le coupable, que l'on puisse partir en vacances !

La journée fila à la vitesse d'un cheval fou lancé au galop.

Aux alentours de dix-neuf heures, Roullier se tenait assis face à son équipe, les mains croisées sous le menton. Il attendait leurs premières déductions avec une gourmandise non dissimulée.

Bonal se leva. Sa chemise couleur rose fuchsia toute chiffonnée pendouillait irrémédiablement. Ses tenues originales étaient l'un des sujets de plaisanteries favoris de ses collègues, mais il ne semblait pas s'en rendre compte. Une véritable énigme, ce Bonal, au niveau vestimentaire du moins.

– Notre homme s'appelait Victör Lustrëm, dit-il d'une voix enthousiaste. On a trouvé un passeport suédois sur lui. J'ai contacté l'ambassade de Suède à Paris qui s'est montrée très coopérative. Lustrëm venait d'avoir quarante-deux ans, il était célibataire et résidait à Stockholm. Il possédait également de nombreux pied-à-terre dans plusieurs capitales européennes.

– Plein aux as ! en déduisit Jimenez.

– Et pas qu'un peu ! Lustrëm était un consultant reconnu dans le monde de la finance internationale. Ce type roulait en Porsche !

L'adjoint stagiaire intervint à nouveau :

– Pourquoi alors a-t-il pris la navette pour gagner le centre-ville ?

Bonal approuva d'un mouvement de tête.

– Voici l'une des questions auxquelles il nous faudra répondre.

– Qu'était-il venu faire à Marseille ? demanda Patricia Patten, la psychologue du groupe, aussi appelée Psycho Pat.

– Ça, nous le savons. Lustrëm se rendait à une réunion préparatoire pour un gros projet immobilier. Il m'a semblé que les investisseurs attendaient beaucoup de lui. Vous auriez dû voir leur tête lorsque je leur ai annoncé sa mort…

– Bizarre qu'ils n'aient pas envoyé un chauffeur le récupérer à sa descente d'avion.

– C'est ce qui était prévu, mais Lustrëm leur a dit qu'il préférait se débrouiller seul.

– Sa famille a été prévenue ? s'inquiéta Roullier.

– Oui, l'ambassade s'en est chargée. Elle s'occupera également de rapatrier le corps.

Roullier se tourna vers Mélaine Jacobi qui se leva à son tour et prit la parole.

– Les gars du labo sont formels. Lustrëm a bien été empoisonné. Ils ont trouvé des traces de curare sur l'aiguille. Nous aurons leur rapport définitif à la première heure demain matin.

Roullier approuva d'un hochement de tête, puis s'adressa aux deux brigadiers.

– Garnier et Lacroix, à vous !

– Pour notre part, on a passé l'après-midi à questionner les passagers du bus. Aucun d'eux ne semble avoir de lien avec la victime.

– Et casier judiciaire vierge pour tout le monde…

– Vous avez fouillé les bagages ? insista Roullier.

– Oui, répondit Garnier. Là aussi, on a fait chou blanc. Rien d'illégal ou de suspect.

– De toute manière, nota Jimenez, n'importe quel passager circulant dans l'aérogare était en mesure de planter une aiguille dans le cou de Lustrëm et cela bien avant qu'il ne monte dans le bus. La mort n'a sans doute pas été instantanée.

Roullier se dit qu'une fois de plus le stagiaire avait raison.

– Où sont les passagers du bus actuellement ? demanda-t-il à Lacroix.

– On les a autorisés à rentrer chez eux après les avoir interrogés, mais nous leur avons demandé de rester à la disposition de la police. Concrètement, ils ne peuvent pas quitter le département sans notre accord.

– Bien.

Le capitaine de police chercha Dieu du regard, mais ne la trouva pas. La technicienne n'était pas dans le bureau.

– Sonia a été retardée, l'informa Jacobi. L'aéroport a plus d'une centaine de caméras de contrôle. Elle risque d'y passer la nuit.

– Bon, soupira Roullier. Dites-lui qu'on attend son rapport à la première heure demain matin.

Mélaine partit décrocher un téléphone dans la pièce voisine.

C'est le moment que choisit Bonal pour désigner un objet posé sur la table.

– Hum... On a aussi trouvé ça.

Roullier l'examina d'un œil dubitatif.

– C'est un truc de gosse, dit-il enfin.

– Oui, un pistolet à eau. Du même type que ceux que les gamins utilisent sur les plages l'été.

– Et alors ?

– Il était dans l'attaché-case de la victime.

Il y eut un silence durant lequel Roullier donna l'impression de partir à la recherche d'un indice qui lui aurait échappé.

– Vous pouvez répéter ce que vous venez de dire ? demanda-t-il enfin à Bonal.

– Je disais qu'on avait retrouvé le pistolet à eau chargé dans la mallette de Lustrëm.

– D'accord, mais à propos du pistolet, insista Roullier, qu'est-ce que vous avez dit à propos du pistolet ?

– Qu'il s'agissait d'un modèle semblable à celui qu'utilisent les enfants sur la plage.

À ces mots, le capitaine blêmit.

– Bon sang !

– Que se passe-t-il ? s'inquiéta Bonal.

Roullier bondissait déjà vers la porte.

– J'avais promis à Inès que nous irions manger sur la plage ce soir ! lança-t-il sans se retourner.

L'instant d'après, il disparaissait à l'angle du couloir.

4

« Ma mère menaçait souvent de me découper en huit morceaux si jamais je renversais le seau d'eau ou je faisais semblant de ne pas l'entendre me crier de rentrer à la maison, quand le crépuscule s'assombrissait et que le chant des cigales devenait assourdissant. »

Lian Hearn

Gabriel et Inès se tenaient assis face à la mer. Sur leur droite, des jeunes gens disputaient un match de volley-ball acharné dans le soleil couchant. Plus loin, d'autres préparaient des braséros qui serviraient à illuminer le site une fois la nuit tombée. Sur leur gauche, le restaurant en bord de mer affichait complet et Gabriel avait dû commander une pizza, qu'ils terminaient tranquillement, les pieds dans l'eau, en profitant de la fraîcheur du soir.

Gabriel pointa du doigt l'île du Frioul dont le relief se découpait dans le ciel rouge.

– Dis-moi franchement, est-ce que vous avez un truc pareil à Paris ?

Pour toute réponse, Inès se contenta de sortir une carte postale de son sac à dos.

– Et vous, vous avez ça à Marseille ?

La carte postale était découpée en six parties égales. Et dans chaque partie se trouvait un monument célèbre de la capitale. La tour Eiffel, l'Arc de Triomphe...

– OK, admit Gabriel. Un partout, balle au centre.

Ils éclatèrent de rire et se partagèrent le dernier morceau de pizza.

– Au fait ma chérie, tu as appelé ta mère ?

– Oui, répondit-elle, la bouche pleine.

– Qu'est-ce qu'elle pense de tout ça ? lui demanda-t-il encore, vaguement inquiet.

Inès attendit d'avoir dégluti avant de répondre.

– Elle a dit que si tu me gâchais mes vacances, elle se ferait un plaisir de débarquer à Marseille pour dévaster ton appartement et rayer la carrosserie de ta voiture. Ensuite, elle a ajouté qu'elle repartirait avec moi et que tu n'étais pas près de me revoir.

– Mince !

– Je plaisante papa ! Elle a juste demandé que tu la rappelles.

Gabriel lâcha un soupir dans le soir.

Les jeunes gens avaient terminé leur partie de volley-ball et se baignaient tout en s'interpellant à haute voix.

« Le silence n'a donc plus rien de sacré pour la nouvelle génération » pensa Gabriel.

Des braséros s'allumèrent. Et la nuit prit une tout autre couleur.

– Ta mère voit quelqu'un en ce moment ? soupira Gabriel.

– Papa... !

– Quoi ?

– Tu vas encore te faire du mal.

– Sans doute, mais j'ai besoin de savoir.

Les jeunes sortaient maintenant de l'eau les uns à la suite des autres et allaient se réchauffer autour des braséros. L'un d'entre eux prit une guitare et commença à jouer un morceau que tous semblaient connaître. Gabriel se dit qu'Inès aurait été mille fois mieux avec eux plutôt que plantée là avec son nostalgique de père.

– Elle fréquente une espèce d'intellectuel, lui répondit-elle soudain, alors qu'il ne s'y attendait plus. Un éditeur, je crois...

– Ça explique peut-être son intérêt nouveau pour la littérature, se moqua Gabriel.

– T'es pas drôle !

– Je sais, mais ça fait du bien.

Des percussions se mêlèrent aux accords de la guitare.

– Un djembé ! s'inquiéta Gabriel. Ça risque de devenir vite insupportable.

Les jeunes commencèrent à chanter à l'unisson, mais l'ensemble manquait d'harmonie. On n'était pas loin de la cacophonie. D'autres braséros s'enflammèrent.

– Pourquoi maman et toi vous vous êtes séparés ? lui demanda soudain Inès.

Gabriel s'attendait depuis longtemps à devoir répondre un jour à cette question.

– Pour faire court, disons que lorsque ta mère et moi nous nous sommes connus, la passion a tout emporté sur son passage. Et nous avons grillé certaines étapes.

– Comment ça ?

– Nous ne nous connaissions pas assez lorsque nous nous sommes mariés. Après ta naissance, le quotidien nous est tombé dessus avec la force d'une enclume lancée du trentième étage d'un immeuble. La magie avait disparu... Et nous n'étions pas préparés à ça.

Inès avait blêmi.

– Tu veux dire que vous vous êtes séparés à cause de moi ?

Gabriel se mordit les lèvres.

« Quel idiot ! » se maudit-il intérieurement.

D'autres djembés entrèrent dans le rythme et cela lui fournit un excellent prétexte pour quitter les lieux. Bondissant sur ses pieds, il ramassa la boîte de pizza et les deux canettes de soda.

– Ce que je veux dire, c'est que tout est allé trop vite. Beaucoup trop vite... Rassure-toi ma chérie, tu n'y es pour rien.

Inès le suivit un moment en silence. Le malaise de son père était si grand qu'elle pouvait presque le palper.

– Et ton enquête, ça avance ? lui demanda-t-elle histoire de changer de sujet.

– Rien de très intéressant pour l'instant. Sauf qu'on a trouvé un truc bizarre dans l'attaché-case de notre cadavre.

– Quoi donc ?

– Un pistolet à eau. Incroyable non ?

Soudain, l'intérêt d'Inès s'éveilla.

– Un flingue énorme, en plastique, couleurs fluo, réservoir au-dessus et tout le tralala ?

– Exactement. Je me demande pourquoi un homme tel que Victör Lustrëm se promenait avec un engin aussi ridicule.

Inès se rapprocha de son père.

– Si tu m'avais permis d'assister à la réunion, tu le saurais déjà !

– Que veux-tu dire par là ?

– J'ai la réponse à cette énigme si cela t'intéresse ! lui annonça-t-elle avec un petit sourire.

Gabriel se tourna vers elle, la dévisageant avec attention.

– Lustrëm avait un flingue à eau sur lui parce qu'il participait à un jeu, poursuivit Inès d'un ton plein de malice.

Sur l'instant, Gabriel redouta une blague de sa fille. Mais après réflexion il se dit que ce n'était vraiment pas dans ses habitudes de plaisanter dans le cadre d'une enquête.

– Un jeu, s'étonna-t-il, quelle sorte de jeu ?

Inès le laissa patienter quelques secondes encore avant de lâcher :

– On appelle ça le jeu du tueur !

5

« En classe, je rêvais toujours en envolant mon regard par la fenêtre. Je regardais les mouettes, elles traversaient le vallon à tire-d'aile vers la mer. J'imaginais qu'elles se posaient sur la corniche Kennedy, puis qu'elles planaient au-dessus de l'anse de la Fausse-Monnaie jusqu'aux plages du Prado. »

Marie Mélisou

L'homme était assis à même la moquette de sa chambre, dans la position du lotus[1], les yeux fermés. Plusieurs heures après le meurtre, il sentait encore l'adrénaline courir à travers son corps et son cœur battre comme jamais.

Le plan était parfait. Du moins le pensait-il.

C'était sans compter l'imprévu. Il avait fallu que ce maudit policier surgisse de nulle part pour que tout s'écroule. Cela s'était joué à une

1. Posture de yoga.

minute près. Soixante petites secondes tout au plus, qui lui avaient manqué pour s'emparer du dossier.

Et maintenant il était bloqué dans le jeu. Il ne pouvait plus avancer. Il lui était impossible de poursuivre l'œuvre entreprise.

Après une longue série d'expirations profondes, il abandonna enfin sa position, se leva et s'approcha de la fenêtre de sa chambre.

Écartant délicatement le rideau, il découvrit la rade de Marseille. L'une des plus belles baies au monde, disait le dépliant de l'office du tourisme. Pour une fois, les rédacteurs n'avaient pas exagéré. Le site était unique. Et d'une beauté à couper le souffle.

Le port pénétrait à l'intérieur même de la ville aussi naturellement qu'un pied dans une botte adaptée à sa pointure. Le solide et le liquide ne faisaient qu'un. Une harmonie rare.

Et donc précieuse.

L'homme sortit sur le balcon. Il huma l'air frais apporté par le vent du large, s'en délecta à la manière d'un torréfacteur qui s'imprègne de l'arôme d'un café nouveau.

La nuit était tombée et la lumière de la pleine lune, comme un projecteur, rasait la mer d'huile. Il suivit du regard une barque de pêcheurs qui s'éloignait vers l'horizon, escortée par une nuée de gabians affamés.

Mais il ne parvenait pas à se laisser envahir par le sentiment de plénitude qu'aurait dû lui procurer un tel spectacle.

Il se décida à retourner dans la chambre.

Il manquait cruellement de sommeil. Malgré cela, il tourna encore longtemps dans son lit avant que la fatigue ne l'emporte.

Une question obsédante le rongeait comme un mal incurable.

Comment récupérer le nom de la prochaine cible ?

6

« Quand le mystère est trop impressionnant, on n'ose pas désobéir. Aussi absurde que cela me semblât à mille milles de tous les endroits habités et en danger de mort, je sortis de ma poche une feuille de papier et un stylographe. »

Antoine de Saint-Exupéry

Le vendredi matin, quand Gabriel quitta l'appartement, Inès dormait encore. Il lui laissa un petit mot en évidence sur la table de la cuisine ainsi que des croissants frais.

Il trouva les locaux de la brigade déserts. Après avoir longuement contemplé la rade dans le soleil levant, il prépara du café pour toute l'équipe, les croissants frais étant aussi de la partie.

Ses collaborateurs débarquèrent les uns à la suite des autres.

Quand Mélaine Jacobi arriva enfin, Roullier parut de suite plus détendu. Il lui demanda si cela la dérangeait d'aller chercher Inès chez lui et de la ramener au commissariat.

– Pas du tout, répondit la jeune femme. Avec plaisir !

Les regards complices qu'échangèrent Lacroix et Garnier, et qu'il remarqua, lui firent presque aussitôt regretter sa demande. Ses hommes allaient encore le charrier à propos d'une idylle possible entre lui et la charmante policière.

Aux alentours de neuf heures, la réunion débuta enfin. Sonia Bahroune affichait une mine épouvantable, elle devait compter ses heures de sommeil sur les doigts d'une seule main.

– J'ai visionné des kilomètres d'images pour suivre Lustrëm depuis sa descente d'avion jusqu'à sa sortie de l'aérogare, annonça-t-elle d'entrée de jeu.

Tous se tournèrent vers Dieu. Ses découvertes allaient sans doute orienter l'enquête vers une nouvelle direction.

– D'après ce que j'ai vu, personne ne s'approche assez près pour lui planter une aiguille dans le cou. Selon moi, l'attaque a eu lieu après.

– Ça nous ramène donc au bus ! claironna Jimenez.

– En effet, admit Roullier, mais pas de manière certaine.

Il se tourna vers la technicienne.

– Y a-t-il des caméras qui filment les abords de l'aérogare ?

Dieu fut catégorique : il n'y avait pas de caméras à l'extérieur.

– On a donc pu lui planter l'aiguille tandis qu'il se dirigeait vers la navette. Si mes souvenirs sont bons, le curare ne provoque pas une mort instantanée…

– C'est exact, confirma Bonal. D'après le rapport d'autopsie qui vient d'arriver, le sujet est décédé suite à une paralysie musculaire survenue plusieurs minutes après la piqûre.

– Donc, nous ne sommes pas certains à cent pour cent que le crime a bien eu lieu dans le bus.

– Moi, je parie dix euros que le meurtrier s'y trouvait ! s'exclama Jimenez en déposant un billet dans une boîte en plastique.

Roullier esquissa un sourire, puis s'adressa à Garnier.

– Voyons voir ce que donne votre schéma de l'intérieur du bus.

Le brigadier apporta le croquis et l'accrocha à la vue de tous.

– Nous avons numéroté les places de 1 à 21. La 1 est celle du chauffeur, Michel Ripet, il travaille depuis trois ans dans l'entreprise. Très bien noté par sa hiérarchie. Les places 2, 3, 4, 5, 6, 8, et 9 étaient vides.

Roullier demanda à la psychologue si elle avait une explication à cela. Psycho Pat n'hésita pas.

– On se sent plus en sécurité en allant vers le fond, c'est comme ça. Un des grands mystères de l'âme humaine que je n'ai toujours pas réussi à percer. Vous n'avez qu'à voir comment les élèves d'une classe s'y précipitent…

Mais Jimenez, dont les souvenirs d'école n'étaient pas si lointains, avait un autre avis sur la question qu'il ne se priva pas de faire partager.

– C'est surtout pour être loin des profs !

– La place 7, poursuivit Garnier, était celle où se trouvait notre victime. Les places 12 et 13 étaient occupées par le capitaine et sa fille. À la place 11, derrière Lustrëm, il y avait un touriste. Franck Ullrich.

– De quelle nationalité est-il ? demanda Psycho Pat.

– Il est suisse. Bon sang, ces gens-là sont d'une politesse… Le gars répondait à mes questions avant même que je ne les lui pose !

– Poursuivez, l'encouragea Roullier.

– Place 10, nous avons une mamie de soixante-dix ans, madame Garcia. Franchement, je la vois mal assassiner quelqu'un. Place 14, nous avons Arnaud Desplin, cadre dans une banque.

Jimenez donna à nouveau son point de vue de manière spontanée.

– Encore un homme d'affaires qui utilise un bus pour rentrer chez lui, voilà qui n'est pas courant non ?

– C'est un écologiste convaincu, un farouche partisan du covoiturage et des transports en commun. Il a essayé de me faire adhérer à son parti durant l'interrogatoire. La place 15 était occupée par un étudiant corse, Antoine Rossi, venu chercher un logement dans notre ville. Il y sera étudiant à la rentrée.

– Où est-il descendu ? demanda le capitaine.

– Nous lui avons donné l'adresse de l'auberge de jeunesse de la Pointe-Rouge.

– Bien. Qui avons-nous aux places 16 et 17 ?

– Des sœurs. Lison et Manon Morgante. Elles sont danseuses près de l'opéra.

– Vous voulez dire à l'opéra, rectifia Roullier. Ce sont des danseuses classiques ?

– Non, elles dansent dans un bar qui se trouve à côté de l'opéra. Le genre de danseuses qui soutirent leur argent aux clients, si vous voyez ce que je veux dire…

– Je vois parfaitement, inutile de me faire un dessin.

– Il nous reste les places 18, 19 et 20, qui étaient occupées par un couple d'cnseignants, les Martel, ainsi que leur fille Noisette.

– Noisette, c'est pas un prénom qui vous aide dans la vie ! plaisanta Jimenez.

– Pour devenir économe, si ! lui répondit la psychologue.

– Enfin, la dernière place. La 21. Mourad Bouala s'y trouvait. C'est un employé de la société qui gère la propreté de l'aéroport. Il rentrait chez lui après son boulot...

Roullier se tourna vers Lacroix.

– OK, convoquez-moi les personnes qui se trouvaient aux places 11, 14, 16, 17 et 21 pour quinze heures. On va de nouveau les interroger.

– C'est parti ! annonça le brigadier en disparaissant dans la pièce voisine.

– Bon, je crois qu'on a fait un point complet de la situation, souffla Roullier.

Bonal désigna le pistolet à eau qui traînait sur le bureau de son supérieur.

– Et pour ça, on cherche dans quelle direction ?

Roullier aperçut alors Inès, accompagnée par Jacobi, qui s'avançait vers eux.

– Voici justement l'explication qui arrive ! annonça le capitaine, tout sourire.

7

« Je sus d'instinct qu'il ne s'agissait pas d'un rêve, ni même, hélas, d'un cauchemar... Sans doute s'agissait-il aussi d'un jeu, mais un jeu beaucoup plus cruel, et réel, où les vaincus ne se relèveraient pas pour venir saluer la foule une fois le rideau tombé. »

Marcus Malte

La veille, Inès avait été intraitable. Elle ne consentirait à en dire plus qu'en présence des enquêteurs. Depuis qu'elle avait assisté son père lors d'une enquête précédente, elle s'était découvert une vocation pour le métier de policier. Pour l'instant, cela demeurait un sujet tabou chez sa mère. Mais Gabriel, face à l'intransigeance de sa fille, et aussi pour lui faire plaisir, avait dû accepter de la laisser intervenir pendant la réunion.

Pour l'instant, elle demeurait plantée face aux membres de la brigade, hésitant à se lancer.

Gabriel l'encouragea du regard.

– Bon voilà, dit-elle enfin, si le passager assassiné avait un pistolet à eau dans ses bagages, c'est parce qu'il participait à un killer game.

Bonal fronça les sourcils.

– Un quoi ?!

– Un killer game. Un jeu du tueur si vous préférez.

Bonal parut sombrer brutalement dans un abîme de perplexité.

– Le jeu du tueur ! C'est quoi ça encore ?

– Pas de panique, poursuivit Inès, je vais vous expliquer. C'est très simple. Pour participer au jeu il suffit de s'inscrire sur un site Internet…

Dieu lui coupa sèchement la parole.

– Tu as le nom de ce site ?

– Euh oui, c'est killergame.com, je crois…

– Je vérifie et je reviens, déclara la technicienne.

D'un clin d'œil discret, Gabriel fit comprendre à sa fille qu'elle pouvait poursuivre son exposé.

– Une fois inscrit, vous recevez chez vous le dossier de votre cible, qui comprend sa photo, ainsi que ses adresses personnelle et professionnelle. Le jeu peut alors commencer.

– Et que doit-on faire ? demanda Bonal de plus en plus perdu.

– On doit éliminer sa cible en l'aspergeant avec un pistolet à eau. Il faut savoir que la cible a la possibilité de riposter. Vous êtes mort si elle vous touche en premier.

– Voilà sans doute pourquoi Lustrëm avait emporté son pistolet à eau. Il voulait pouvoir riposter en cas d'attaque.

– Et si on parvient à toucher sa cible ?

– Le joueur éliminé doit remettre à son assassin le dossier de sa propre cible, qui devient alors la nouvelle cible du tueur.

– Ce qui signifie que chaque tueur est aussi une cible potentielle ?

– Parfaitement. Le jeu fonctionne en cercle avec en général sept joueurs par partie.

– C'est génial ! déclara Jimenez qui avait l'air de se passionner pour le sujet. Le participant numéro 1 doit tuer le 2, le 2 doit abattre le 3 et ainsi de suite jusqu'au dernier joueur qui doit, lui, éliminer le numéro 1 !

Roullier avait du mal à partager l'enthousiasme du jeune stagiaire. Il lui semblait qu'une société où les gens imaginaient de tels divertissements était une société malade.

– Comment as-tu eu connaissance de ce jeu ? demanda-t-il à sa fille.

– Mon prof d'EPS s'était inscrit dans une partie. Pendant une semaine il s'est baladé avec son pistolet à eau ridicule. Finalement, un type est venu le shooter à la sortie du collège !

Roullier ne trouva rien à répondre, mais il prit alors conscience d'une information qui semblait avoir échappé à tout le monde.

– Si la victime participait à un tel tournoi, on devrait trouver dans ses bagages le dossier de sa cible.

Bonal comprit aussitôt le message et se précipita hors de la salle de réunion au moment où Dieu y revenait.

– Inès a raison. Le site existe. Par contre, impossible d'avoir accès aux noms des participants !

– Impossible donc de savoir le nom du joueur dont Lustrëm était la cible, marmonna Roullier entre ses dents.

– Comment détermine-t-on le vainqueur d'une partie ? demanda encore Jimenez, les yeux brillants.

Inès reprit la parole.

– La partie est limitée dans le temps. Le joueur qui a flingué le plus de cibles à l'issue du délai réglementaire est déclaré vainqueur.

– Et que gagne-t-il ?

– De l'argent ! déclara Dieu. La plupart des participants le font juste pour s'amuser, mais il existe également des parties avec des droits d'entrée. Ils peuvent aller de cent à cinq mille euros.

Mélaine fit un rapide calcul.

– Sept fois cinq mille euros égale trente-cinq mille euros. Pas mal !

Roullier se tourna vers la psychologue.

– D'après vous, qu'est-ce qui pousse des adultes à participer à ce genre de jeux ?

La réponse ne se fit pas attendre.

– L'ennui, expliqua-t-elle. Un besoin d'échapper à son quotidien. Rappelez-vous les parties de gendarmes et voleurs lorsque vous étiez enfant, rien que des bons souvenirs j'imagine ?

– J'aimais tellement ça que je continue à y jouer, admit Roullier.

– Beaucoup de gens n'ont pas la chance d'être payés pour accomplir ces choses-là, alors ils s'amusent à se faire peur !

Roullier lui posa alors la question primordiale :

– Pensez-vous qu'un joueur puisse déraper et décider d'éliminer réellement les autres participants ?

La psychologue prit le temps de la réflexion.

– Oui, c'est possible.

À ce moment-là, Bonal refit son apparition en exhibant une enveloppe jaune.

– J'ai trouvé le dossier de la cible ! déclara-t-il d'un air triomphant. Il était à l'intérieur d'un livre. Lustrëm s'en servait certainement de marque-page.

– Qui ce cher Victör était-il censé dessouder à coups de pistolet à eau ? s'inquiéta Roullier.

Bonal ouvrit l'enveloppe d'un geste fébrile.

– Un certain Piër Frando. Voici sa photo.

– Il me semble que je connais ce visage, murmura Jimenez.
– Vous avez des enfants ? lui demanda Bonal.
– Non, pas encore.
– Alors laissez tomber. Piër Frando est un célèbre auteur pour la jeunesse.
– Pourtant, insista le stagiaire, il me semble bien que...
Jimenez fronça ses sourcils un instant et soudain la lumière brilla dans son regard. Il s'exclama :
– Ça y est, j'y suis !
Il disparut dans la pièce voisine et en revint, exhibant le quotidien local.
– Piër Frando est en dédicace à Marseille ! dit-il en pointant du doigt l'article qui annonçait l'événement.
Roullier blêmit.
– Vite, cria-t-il en bondissant de son siège. Il n'y a pas un instant à perdre !

8

« Lorsque tu entres dans un lieu inconnu, tu es la cible de tous les regards. Ceux-ci se détournent ensuite quelques secondes avant de revenir sur toi pour ne plus te lâcher. Ces secondes durant lesquelles tu es invisible sont les secondes du marchombre. Elles sont ton temps, ton monde, ta liberté. »

Pierre Bottero

La voiture banalisée fonçait à travers les rues de la ville, sirène hurlante. Le capitaine conduisait en souplesse. À ses côtés Jimenez semblait regretter de s'être assis à la place du mort. À l'arrière, Inès, coincée entre Lacroix et Garnier, serrait les dents.

Le véhicule, lancé à toute allure, évita de justesse un groupe qui se rendait à la plage.

Un des garçons utilisa sa serviette de bain pour mimer une véronique[1].

– Olé les poulets ! hurla-t-il en se dressant sur la pointe des pieds.

Une centaine de mètres plus loin, Inès faillit vomir dans un virage serré que son père négocia pourtant en un dérapage savamment contrôlé.

– On est vraiment obligés de terroriser la moitié de la population pour aller interroger un témoin ? lui demanda-t-elle d'une voix chevrotante.

– L'écrivain est plus qu'un simple témoin dans cette affaire, répondit Gabriel en jetant un coup d'œil dans le rétroviseur. Piër Frando risque d'être la prochaine victime de notre mystérieux tueur à l'aiguille !

Inès se dit qu'elle avait encore beaucoup à apprendre avant de devenir une bonne enquêtrice. Elle décida de se concentrer sur le paysage, afin de ne pas souiller les chaussures des deux brigadiers.

Ils longèrent le front de mer durant quelques minutes, suivant la corniche sinueuse accrochée à la colline, puis débouchèrent sur les plages du Prado.

– C'est là ! annonça soudain Jimenez, tendant un doigt tremblant en direction d'un immense chapiteau dressé sur la pelouse qui bordait la plage.

1. Passe de cape exécutée par un torero.

Roullier aperçut sur sa droite une banderole sur laquelle s'étalait en lettres capitales :

LIVRESTIVAL

SI VOUS NE VENEZ PAS À LA LECTURE,
LA LECTURE VIENDRA JUSQU'À VOUS !

– Cette phrase vous rappelle quelque chose ? demanda le capitaine tandis qu'il ralentissait, cherchant une place où se garer.

– C'est la devise de Lagardère ! répondit aussitôt Inès.

– Il faut m'en dire plus, si tu veux que le point soit validé !

– D'après *Le Bossu*, un roman de Paul Féval.

« De quoi se plaint sa mère ? pensa Gabriel. Ma fille connaît ses classiques sur le bout des doigts. »

Jimenez, qui reprenait des couleurs depuis que le véhicule avait réduit sa vitesse, mima alors un combat à l'épée.

– Si tu ne viens pas à Lagardère, Lagardère ira à toi ! hurla-t-il en prenant l'accent gascon.

Roullier esquissa un sourire. Décidément il appréciait de plus en plus le jeune stagiaire. N'apercevant aucune place disponible, il se gara sur le trottoir, près d'un panneau d'interdiction de stationner.

– Est-ce qu'on a vraiment le droit de se garer là ? s'inquiéta Inès sur un ton sarcastique.

Personne ne prit la peine de lui répondre.

– J'ai posé une question ! Tout le monde est sourd ici ?

Roullier se tourna vers sa fille et lui annonça fermement :

– Le fait même que tu sois assise dans cette voiture est une infraction à la loi !

Inès eut l'intelligence de ne pas insister.

Dans la minute qui suivit, ils sortirent de la voiture et se dirigèrent d'un pas pressé vers le chapiteau.

– C'est la première fois que je vais dans un salon du livre qui se déroule sur une plage ! s'exclama Inès.

– Moi, constata Garnier, c'est la première fois que je mets les pieds dans un salon du livre !

Ils éclatèrent de rire tandis qu'ils pénétraient sous l'immense tente.

– Eh bien, ce n'est pas la foule des grands jours ! constata Roullier en s'épongeant le front.

S'il y avait effectivement une quantité phénoménale de livres, les visiteurs ne se bousculaient pas. Les allées étaient quasiment vides. De plus, il régnait sous le chapiteau une chaleur suffocante et les écrivains, éparpillés au gré des stands, paraissaient épuisés.

Roullier ordonna aux deux brigadiers d'inspecter les alentours.

– On se retrouve au stand où dédicace Frando.

Ils se séparèrent.

– Ça ne devrait pas être trop difficile de lui mettre la main dessus, déclara Inès d'un air confiant.

Ce fut d'ailleurs elle qui le repéra la première.

– Le voilà ! cria-t-elle, désignant un petit homme chauve qui somnolait, à moitié écroulé derrière un monticule de romans.

– On ne peut pas se tromper, ironisa Jimenez, il y a son nom écrit devant !

À la vue du groupe qui s'avançait vers lui, l'écrivain se redressa, mais son sourire naissant s'estompa lorsque Roullier exhiba la carte tricolore.

– Police nationale ! Nous aimerions vous parler…

– Et moi qui vous prenais pour des lecteurs potentiels ! Mais installez-vous, j'ai tout mon temps, dit-il en balayant l'espace vide d'un regard désappointé. Apparemment, les habitants de cette ville ne sont pas férus de lecture !

– Peut-être qu'avec une telle chaleur, ils préfèrent tout simplement aller se baigner, rectifia Roullier qui n'aimait pas que l'on porte des jugements hâtifs à propos des Marseillais.

L'auteur pour la jeunesse s'abstint de tout commentaire et demanda :

– Que puis-je faire pour vous ?

Roullier avait décidé de ne pas tourner autour du pot, le temps pressait.

– Tout d'abord, pouvez-vous nous dire si, oui ou non, vous participez actuellement à un jeu du tueur ?

Piër Frando hésita.

– C'est interdit par la loi ?

Le capitaine de police aperçut le pistolet à eau qui reposait en équilibre sur le rebord de la table de dédicace. Il le pointa du doigt.

– Pas tant que l'on se contente d'utiliser ce genre d'arme.

– Vous me rassurez, soupira Frando. Eh bien oui, je suis inscrit dans une partie en cours. Comme l'atteste ce pistolet à eau que je garde près de moi.

– Et nous qui pensions qu'il était là pour vous rafraîchir, se moqua gentiment Jimenez.

– En fait, le jeu en lui-même ne m'intéresse guère. Disons que je me contente d'accumuler des informations pour mon prochain roman.

– La partie dans laquelle vous êtes engagé a un droit d'entrée élevé ?

– Plutôt oui. Sept mille euros. Mais c'est mon éditeur qui paie !

Roullier sortit une photographie de sa poche et la tendit à l'écrivain.

– Connaissez-vous cet homme ?

Piër Frando s'empara de la photographie et la détailla longuement. Sa réponse fut catégorique.

– Non, je ne l'ai jamais vu de ma vie !

– Victör Lustrëm était l'homme qui devait vous tuer. Il est mort à sa descente d'avion, assassiné…

Le visage de l'auteur se figea.

– Vous voulez dire vraiment assassiné ?

Le capitaine hocha la tête.

– Oui.

– Et vous pensez que je suis le prochain sur la liste… ? balbutia Frando.

– Ce pourrait bien être le cas. C'est pourquoi l'adjoint de police Jimenez, ici présent, veillera sur vous durant votre séjour à Marseille. C'est-à-dire jusqu'à dimanche soir, si mes informations sont bonnes.

– Elles le sont et c'est très aimable de votre part de prendre soin de ma santé, répondit Frando sans ironie. Si mon éditeur en faisait autant, il m'éviterait ce genre de galère !

– Je vous comprends ! répondit Roullier en s'épongeant de nouveau le front.

À ce moment-là, les deux brigadiers revinrent de leur tournée d'inspection.

– RAS[1] ! déclara Garnier sans plus de précision.

– Cela aurait été trop facile, murmura Roullier.

Piër Frando se tourna vers Jimenez et lui posa une question sur un ton plein d'espoir.

1. Rien à signaler.

– Jouez-vous au poker ?

– Non, répondit ce dernier. Juste à la bataille.

– Dommage, soupira l'écrivain.

Roullier se demanda un court instant si la réponse du policier était encore un trait d'humour dont il avait le secret, puis il s'adressa à Frando.

– Pourriez-vous me remettre le dossier de votre cible ?

– Est-ce que j'ai le choix ?

Cette fois-ci, ce fut au tour de Roullier d'être catégorique.

– Non. C'est le seul moyen que nous ayons de remonter jusqu'à la personne dont Lustrëm était la cible.

– Vous pourriez passer par le site Internet…

– Oui, mais cela nous prendrait beaucoup plus de temps. Le site hébergeur ne se trouve pas en Europe.

– Dans ce cas…

L'auteur se pencha vers sa sacoche de cuir et en sortit une enveloppe jaune qu'il tendit au capitaine.

– Merci, dit ce dernier en s'en emparant. Une dernière question avant de vous laisser tranquille.

– Allez-y, je vous écoute.

– Piër, ce ne serait pas un prénom suédois par hasard ?

– Vous me soupçonnez de quelque chose, capitaine ?

– C'est juste une question…

L'écrivain lui répondit sur un ton aigre-doux.

– Je suis né en Alsace, rien à voir avec la Suède. Vous savez, chez les artistes, il est courant d'utiliser un pseudonyme. Piër, c'est une idée de mon éditeur. Il dit que le public est friand d'exotisme. Mon vrai prénom est Pierre.

– Autant pour moi !

Ensuite, Roullier laissa ses dernières consignes à Jimenez, puis fit signe aux brigadiers et à Inès de le suivre.

Tandis qu'elle s'éloignait dans l'allée centrale, Frando lui lança :

– Vous ne voulez pas que je vous dédicace un livre, mademoiselle ?

Inès lui retourna un sourire forcé.

– Non merci, j'ai déjà ce qu'il faut !

9

« Cette façon d'envisager les choses, il ne devait pas tarder à s'en apercevoir à ses dépens, n'est pas la bonne pour être populaire parmi les autres oiseaux du clan. »

Richard Bach

Dès qu'ils sortirent du chapiteau, Inès se sentit mieux. Une telle quantité de livres autour d'elle commençait à l'angoisser.

Son père consulta sa montre et déclara :

– On va se poser une heure pour manger au restaurant de la plage et ensuite on retournera à la brigade.

Ils s'installèrent en terrasse, histoire de profiter du beau temps et de la vue.

Garnier désigna l'enveloppe jaune posée sur le coin de table.

– Vous ne l'ouvrez pas ?
– Non, je laisse ce plaisir à Sonia. C'est elle qui va être chargée de remonter la liste.
Le garçon se planta devant leur table.
– Vous avez choisi ?
– Pour moi, annonça Inès, se sera un hamburger-frites avec du Coca !

Ils se garèrent à quatorze heures pile devant le commissariat.
– Juste à l'heure ! remarqua Garnier. Voici nos premiers témoins qui arrivent.
– Je vous rejoins dans cinq minutes, dit Roullier. Le temps d'apporter ça.
Il désignait l'enveloppe remise par Frando.
Il trouva Sonia Bahroune installée devant son ordinateur.
– Alors, on a du nouveau ? demanda-t-elle en apercevant le capitaine.
Roullier lui tendit l'enveloppe.
– Voici le nom de notre troisième participant. À vous maintenant de dérouler la pelote jusqu'au joueur dont Lustrëm était la cible.
Elle consulta le dossier qui se trouvait à l'intérieur et lut à haute voix.
– La cible de Piër Frando se nomme Liam Vesner, il exerce la profession de joaillier et réside à Amsterdam.

Le capitaine se massa le cou, esquissant une grimace.

– Il semblerait que nous soyons confrontés à une partie européenne. Voilà qui ne va pas simplifier nos recherches.

– Notre jeu semble aussi réunir des participants qui ne sont pas dans le besoin…

– C'est exact, l'argent n'est sans doute pas le mobile du crime.

– Je vais appeler ce Liam Vesner, annonça Sonia, et tâcher de le convaincre de me donner le nom de sa cible.

– OK. Je vous laisse travailler, on fait le point à dix-sept heures dans mon bureau.

Roullier s'en retourna, préoccupé, jusqu'à la salle des interrogatoires.

Psycho Pat l'y attendait, un carnet noir posé sur les genoux. Il lui demanda de bien vouloir patienter deux minutes et obliqua vers le hall d'accueil.

S'approchant en silence d'Inès qui patientait devant le distributeur à friandises, il déposa un baiser sur le sommet de son crâne. Il savait que sa fille avait horreur des marques d'affection en public mais c'était plus fort que lui, il ne pouvait s'en empêcher.

– Je peux t'offrir quelque chose ?

– Oui, une canette de Coca et un paquet de bonbons et puis aussi des vacances normales. Pour une fois !

Roullier hyperventila avant d'ajouter :
– Dis-moi, tu veux toujours faire ce métier ?
Délaissant les canettes de soda savamment alignées, Inès se tourna vers son père. Ses yeux brillaient de mille feux.
– Plus que jamais !
– Parfait. Tu aimerais assister à un interrogatoire ?
Roullier lut la réponse dans son regard.
– Tu sais que si ta mère l'apprend, elle me tuera !
– Je te promets que ça restera un secret entre nous, le rassura Inès.
Il soupira.
– Alors suis-moi.
Il la précéda le long du couloir et, arrivé devant une large vitre, lui désigna une chaise à la droite de la psychologue.
– Installe-toi ici et observe bien. Tâche de rester silencieuse.
Inès fit claquer sa langue, ce qui dans son langage signifiait : Entendu mon petit papa d'amour. Je respecterai tes consignes à la lettre.
De l'autre côté du miroir, Garnier et Lacroix pénétraient dans la salle d'interrogatoire en compagnie du premier témoin.
– On peut les voir, mais eux ne le peuvent pas, précisa Roullier.
Sa fille le regarda d'un air moqueur.

– Merci pour l'info !

Psycho Pat appuya sur un bouton.

– On peut aussi les entendre, enregistrer et filmer tout ce qui se dit là-dedans, ajouta-t-elle en souriant à Inès.

Roullier pointa du doigt le témoin qui prenait place face aux deux brigadiers.

– Tu le reconnais ? lui demanda-t-il.

N'obtenant pas la moindre réponse, il agita la main devant le visage de sa fille et éleva la voix :

– Eh ! Tu m'entends ?

– Faudrait savoir ! Tu me demandes de ne rien dire et ensuite tu m'engueules...

Roullier expira longuement.

– Pas quand je te pose une question ! Là, tu peux répondre. Alors tu le reconnais ?

– Bien sûr. C'est le type qui était assis derrière Lustrëm dans le bus.

Le capitaine parut satisfait par la réponse. Sa fille avait un sens de l'observation et une mémoire aigus. Elle avait de qui tenir. Un sentiment de fierté l'envahit, qui lui fit du bien.

Garnier posa la première question d'un ton poli, mais ferme.

– Pourriez-vous me donner votre nom je vous prie ?

– Ullrich.

– Prénom ?

– Franck.

– Nationalité ?
– Helvétique.

Psycho Pat griffonna quelques mots dans son carnet. Inès se pencha discrètement et lut par-dessus son épaule :

Le témoin n'aime pas l'autorité.
Mépris possible pour les forces de l'ordre.
Haute opinion de soi.

Inès était stupéfaite. Comment Psycho Pat pouvait-elle capter la personnalité d'un témoin aussi vite ?

À ce moment-là, Patricia Patten se tourna vers elle et la fixa.

– Tu te demandes certainement comment je peux déduire autant de choses en si peu de temps ?

Inès approuva d'un mouvement de tête, se rappelant que son père lui avait avoué un jour qu'il pensait que la psychologue avait le pouvoir de deviner les pensées des gens.

– Ce ne sont pas des certitudes, lui expliqua cette dernière, juste des hypothèses. Vois-tu, le témoin a répondu « helvétique », alors qu'il aurait très bien pu se contenter de répondre « suisse ». En proposant un mot moins utilisé, il tente d'abaisser le policier qui le questionne. Et il y parviendra si celui-ci ne connaît pas le mot !

Derrière la vitre, l'interrogatoire se poursuivait. Lacroix avait pris le relais.

– Qu'êtes-vous venu faire à Marseille, monsieur Ullrich ?

– Vous avez déjà oublié ? ironisa l'homme. Vous me l'avez demandé pas plus tard qu'hier ! Le soleil vous aurait-il grillé quelques neurones ?

Psycho Pat cligna de l'œil en direction de la fille du capitaine.

– Contentez-vous de répondre aux questions ! lui rétorqua le brigadier en esquissant un rictus mauvais.

Roullier se tourna vers la psychologue.

– Il me semblait que Garnier avait trouvé Franck Ullrich très coopératif ?

– C'est ce qu'on appelle le syndrome du contre-interrogatoire. Après la phase dite coopérative qui a lieu lors de la première confrontation où le sujet se considère comme un simple témoin, il peut passer à une phase nettement plus agressive.

– Pourquoi ?

– Parce qu'à ce moment-là, le sujet entre dans la peau d'un suspect.

– Existe-t-il une troisième phase ? demanda Inès très intéressée.

Psycho Pat la regarda en souriant.

– Oui, le mutisme.

10

« Le rideau était toujours baissé. Elle avait voulu le lever pour faire entrer le soleil. Elle était juste là, derrière. Mon Dieu, comme il y avait du soleil qui voulait entrer. »

Charles Dickens

Les interrogatoires se poursuivirent une grande partie de l'après-midi. Un soleil de plomb chauffait les stores fermés et, très rapidement, les locaux de la brigade prirent une allure de sauna. Le front en sueur, Roullier exprima son incompréhension.

– Mais pourquoi l'architecte n'a-t-il pas inclus dans son projet un système de climatisation ?

– Pour que les malfrats ne s'y sentent pas à l'aise, lui répondit Psycho Pat en souriant. Qu'ils ne soient pas tentés d'y revenir trop souvent.

La dernière audition de témoin se termina aux alentours de seize heures trente.

– Filez vous passer un peu d'eau fraîche sur le visage, conseilla-t-il aux deux brigadiers. Allez prendre l'air, fumer une clope, boire un café, ce que vous voulez. On se retrouve dans mon bureau à dix-sept heures pour faire le point avec le reste de l'équipe.

Tandis qu'il se dirigeait vers le distributeur de boissons fraîches, Roullier croisa Jimenez qui arrivait en sueur.

– Mais vous n'êtes pas resté avec Frando ? lui demanda-t-il, surpris.

– Frando est rentré à son hôtel, dégoûté. Il n'a pas signé le moindre livre de la journée.

– Vous l'avez laissé seul ?

– Il m'a juré qu'il ne sortirait pas dans la soirée. Il était tellement déprimé qu'il comptait prendre un plateau-repas dans sa chambre…

– Il n'a rien dit d'autre ?

– Il pense que cette protection rapprochée ne sert à rien, sinon à faire fuir les rares visiteurs du salon. Il m'a demandé de ne pas revenir demain.

– Bon. On ne peut pas protéger une personne contre son gré. J'espère juste qu'il n'aura pas à regretter sa décision et nous avec.

Roullier considéra un moment la chemise trempée de Jimenez.

– Vous ai-je jamais payé un coup à boire, Jimenez ?

– Non, mon capitaine.
– Eh bien, c'est votre jour de chance. Suivez-moi !
Le jeune policier se glissa dans les pas de son supérieur.
– Avec ou sans bulles ? lui demanda encore ce dernier.
– Je vais prendre un thé glacé. Sans bulles forcément...

À dix-sept heures, ils étaient tous là. Roullier s'était procuré deux ventilateurs au service armurerie qui parvenaient à rendre l'atmosphère à peu près respirable. Inès se faufila discrètement tandis qu'ils s'installaient et son père n'eut pas le cœur à lui demander de quitter la pièce. Il espérait seulement qu'elle saurait se montrer discrète.

Roullier observa sa fille du coin de l'œil et fut surpris par les changements qui s'étaient opérés en elle. Il réalisa qu'il ne l'avait pas vue grandir, qu'il ne s'était pas rendu compte que le temps passait, occupé qu'il était à traquer les truands.

Garnier et Lacroix firent leur rapport les premiers. Selon eux, le contre-interrogatoire n'avait servi à rien. Aucun des témoins convoqués n'avait modifié ses déclarations, malgré les pièges tendus par les brigadiers rompus à ce genre d'exercice.

Le capitaine se tourna vers la psychologue.

– Qu'en pensez-vous ?

Psycho Pat prit le temps de refermer son carnet noir avant de répondre.

– À part quelques réactions d'énervement bien compréhensibles, répondit-elle d'un ton neutre, ils s'en sont tous tenus à leur première déposition.

Roullier pivota vers Sonia Bahroune.

– Bon, autant dire que nous espérons beaucoup de votre rapport pour avancer un peu dans notre enquête.

Dieu posa une pile de feuilles au centre de la table.

– Servez-vous, dit-elle. Je vous ai préparé un organigramme de la partie en cours. Nous savions que Victör Lustrëm avait pour cible Piër Frando. En fin de matinée, nous avons appris que l'écrivain avait pour mission de « tuer » un certain Liam Vesner, joaillier de son état et résidant à Amsterdam.

Puis elle projeta l'organigramme sur un écran fixé au mur.

– Voici maintenant les informations que j'ai recueillies dans l'après-midi.

Un nom apparut dans le cercle numéro quatre.

– La cible du diamantaire se nomme Scott Jeskin, gérant d'un restaurant trois étoiles à Londres.

– Encore un qui ne s'inquiète pas pour ses fins de mois ! laissa échapper Jimenez.

Mais il en fallait plus pour désarçonner Dieu qui poursuivit sans se départir de son flegme légendaire.

– Il y a moins d'une heure, j'ai pu joindre monsieur Jeskin qui, lui aussi, a accepté de me révéler les coordonnées de sa cible.

Un nouveau nom s'afficha dans le cercle numéro cinq.

– Il s'agit d'Heinrich Stern, banquier en Suisse. À Genève.

Sonia Bahroune s'interrompit, histoire de contempler la mine de ses collègues.

– Comme vous pouvez le constater, il nous reste à trouver les cibles six et sept avant de revenir à Lustrëm, le joueur de départ. Je compte vous livrer ces noms lors de la réunion matinale de demain.

Roullier frappa dans ses mains pour attirer l'attention de son équipe.

– Allez-y, je vous écoute ! Balancez toutes les idées qui vous passent par la tête.

Le lieutenant Bonal s'était déjà emparé d'un marqueur noir et se rapprochait du tableau Velleda. Garnier se lança avant les autres.

– Ce n'est pas une partie de gagne-petit. Les joueurs sont à l'aise financièrement. Sauf un, Piër Frando.

Inès choisit cet instant-là pour intervenir.

– Pas d'accord ! Piër Frando est un auteur très connu qui vend beaucoup de livres !

– Sauf à Marseille ! précisa Jimenez avec un petit rire.

– Et puis de toute manière, compléta Roullier, c'est son éditeur qui règle la note. Apprenez quand même à vous méfier des évidences.

– Tous les joueurs habitent dans des grandes villes européennes.

Au moment où Mélaine prononça cette phrase, Roullier, dont les sens étaient maintenant en éveil, eut un déclic. Il dévisagea Bonal.

– Ce n'est pas vous qui disiez que Lustrëm possédait plusieurs appartements dans divers pays ?

– Effectivement.

– Cherchez de ce côté-là, nous tenons peut-être une piste !

Psycho Pat intervint à son tour.

– On pourrait imaginer une histoire de femme là-dessous. Si Victör possède une garçonnière dans chaque ville où résident les joueurs...

Roullier approuva d'un mouvement de tête.

– Vérifiez s'ils sont mariés, dit-il en s'adressant à Dieu, s'ils ont des enfants, si leur couple est solide…

– En tout cas, fit remarquer Lacroix, pour l'instant nous n'avons que des joueurs. Pas une seule joueuse.

La psychologue ricana.

– Ce sont les hommes qui jouent à la guerre, pas les femmes.

Le brigadier lui renvoya une grimace.

Soudain, un bip-bip strident retentit dans la pièce. Tous se consultèrent du regard avec étonnement, à part Roullier qui tendit immédiatement la main droite vers son poignet gauche.

– C'est l'alarme de ma montre, dit-il en la désactivant. Désolé, mais je dois vous quitter.

Puis, dévisageant Bonal :

– Je vous laisse mener la suite des opérations. On se retrouve demain matin dès huit heures !

– Où allez-vous ? lui demanda Bonal, étonné par ce départ précipité.

– Je dois récupérer ma voiture chez mon garagiste avant qu'il ne ferme pour le week-end.

Croisant le regard suppliant d'Inès, Roullier ajouta :

– Je vous laisse ma fille, elle me fera un compte rendu de la fin de réunion.

Avant de quitter les lieux, il s'adressa à Mélaine Jacobi.

– Ça ne vous ennuie pas de ramener Inès ?

La jeune policière papillonna des cils.

– Pas du tout.

Dans un même mouvement, Garnier et Lacroix baissèrent la tête afin de cacher le sourire entendu qui venait de naître sur leur visage.

11

« – Allez, je lève ma tasse de thé à nos pères : les vivants mal présents et les morts trop absents !!! Qu'on réussisse nos vies malgré eux... »

Sylvaine Jaoui

Il commençait enfin à faire frais et la nuit était sombre. Le genre de nuit que Gabriel adorait quand il était gamin. Avec son père, il s'asseyait sur les escaliers de la véranda pour regarder les étoiles. Une fois les lumières de la maison éteintes, les étoiles brillaient comme de vrais néons dans un firmament de satin noir.

Gabriel réalisa, un peu confus, qu'il n'avait jamais pris le temps de contempler les étoiles avec Inès. Il inspira un grand coup et se décida à la rejoindre.

– À quoi pensais-tu dehors ? s'inquiéta Inès en posant son livre sur la table basse du salon.

– Je me disais que je pourrais insister auprès de mes collègues de la brigade financière pour qu'ils rendent visite à ce maudit garagiste, mentit Gabriel. Sept cents euros pour avoir de l'air frais, c'est du vol manifeste !

Inès n'avait aucune idée de ce que coûtait l'installation d'une climatisation, mais elle était sûre que son confort n'avait pas de prix.

– Quand vas-tu te décider à l'appeler ? demanda-t-elle encore à son père, le fixant d'un regard inquisiteur.

– Qui ça, le garagiste ?

Elle ne put cacher son exaspération.

– Mais non ! Je veux parler de maman.

Gabriel avait bien compris, il tentait juste de repousser l'instant qu'il redoutait par-dessus tout. Mais cette fois-ci, il n'y avait pas d'échappatoire. Résigné, il s'empara du combiné et composa le numéro qu'il connaissait par cœur. À la fin de la première sonnerie, Sarah décrocha. Gabriel réalisa qu'elle devait attendre depuis longtemps, postée à côté du téléphone.

– C'est moi, dit-il simplement.

– J'ai cru un moment que tu n'aurais jamais le courage de m'appeler, lui répliqua-t-elle sèchement.

Gabriel ferma les yeux et expira lentement.

– Ne commence pas à m'agresser Sarah…

– Rassure-toi, ce n'était pas dans mes intentions. Je trouve juste étrange que tu n'aies pas trouvé cinq minutes pour m'avertir que votre départ était retardé.

Gabriel avait une excuse toute prête dans sa besace.

– J'ai été très occupé ces dernières heures. Figure-toi qu'un homme a été assassiné sous mes yeux !

Mauvaise pioche. S'il s'attendait à un peu de compassion de la part de son ex-femme, il n'avait pas choisi la bonne personne.

– Le problème, susurra-t-elle, c'est que ta fille se trouvait là aussi !

– Eh, tu ne peux pas m'en tenir responsable ! Ce genre d'événement ne se prévoit pas à l'avance.

Il y eut un long silence à l'autre bout du fil.

– Bon, je t'explique oui ou non ? poursuivit Gabriel d'une voix lasse.

– Vas-y, je t'écoute ! souffla Sarah.

– J'ai passé un accord avec Inès. Si d'ici dimanche je n'ai pas résolu l'affaire, je passe la main et on file en Italie lundi matin à l'aube.

Silence. Sarah réfléchissait.

– Deux jours à Venise en prime pour le retard, ajouta-t-il, sûr de son effet.

Gabriel eut le sentiment qu'il venait de marquer son premier point depuis le début de la conversation.

– Cela me semble correct, répondit Sarah.
– Bon, dans ce cas…
Mais Sarah n'en avait pas fini avec lui.
– Gabriel…
– Oui ?
– Tu es sûr que tout va bien ?
Il n'était pas d'humeur à se laisser aller aux confidences.
– Certain ! lui rétorqua-t-il, juste avant de raccrocher.

Lorsqu'il revint au salon, Gabriel trouva sa fille le nez de nouveau plongé dans son livre.
– Eh bien, constata-t-il, cela te réussit que ta mère refasse sa vie avec un éditeur.
Elle leva les yeux au plafond.
– Maman ne refait pas sa vie avec lui, c'est juste son amoureux du moment.
Gabriel déglutit avec difficulté. Il aurait aimé savoir si Inès prendrait avec autant de légèreté le fait de le voir avec une autre femme que sa mère. Il décida que le moment était venu de changer de sujet.
– Bon, tu as envie de manger quoi ce soir ?
– Du magret de canard.
Lorsqu'elle vit l'expression désemparée de son père, Inès éclata de rire.

– Je plaisantais papa ! Des spaghettis-ketchup me suffiront amplement.

– C'est parti ! annonça Gabriel en se dirigeant vers le coin cuisine.

Inès se replongea dans la lecture de son livre. Elle n'avait pas terminé son paragraphe que la tête de son père apparaissait à l'angle de la cloison.

– Le ketchup, c'est vraiment indispensable ? lui demanda-t-il, tout en priant secrètement pour qu'Inès choisisse des pâtes nature.

Le frigo était vide.

12

« Quand elle arriva au commissariat, le lundi peu avant huit heures, les bureaux étaient encore déserts. La porte du patron s'ouvrit et Delumeau en surgit, la cravate de travers et le veston déjà fripé. Il lui jeta un bref signe de la tête, comme s'ils s'étaient quittés dix minutes auparavant. »

Christian Grenier

Il n'était pas encore huit heures ce samedi 4 juillet et Inès venait d'engloutir son troisième croissant sous le regard étonné de son père.

– Et moi qui croyais que les filles de ton âge surveillaient leur ligne…

Inès démarra au quart de tour.

– Dis tout de suite que je suis grosse !

Gabriel préféra ne pas insister. Parfois sa maladresse le surprenait lui-même.

– On parlera de ton poids une autre fois, ce qui m'importe pour l'instant, c'est de savoir comment tu vas occuper ta journée.

– J'ai le choix entre quoi et quoi ? demanda Inès d'un air malicieux.

Les possibilités étaient effectivement très réduites. Gabriel en prit conscience au moment même où il lui répondit.

– Soit tu m'accompagnes au commissariat, soit tu restes ici.

Inès fit mine d'hésiter.

– Entre la peste et le choléra, mon cœur balance ! ironisa-t-elle.

Gabriel aurait aimé qu'elle se décide rapidement et, si possible, pour l'option « Rester à la maison ». La journée risquait d'être mouvementée.

– D'accord, déclara-t-elle soudain, je viens avec toi. Donne-moi cinq minutes, je vais prendre mes affaires.

Et elle disparut dans sa chambre.

Connaissant sa fille, Gabriel s'accorda le temps de se préparer une deuxième tasse de café. Tout en posant la cafetière italienne sur le feu, il cria :

– Prends aussi un maillot et une serviette de bain ! On ne sait jamais…

– Ça marche ! lui répondit Inès. Pour le masque et les palmes, on verra une autre fois !

Seul devant sa tasse, Gabriel esquissa un sourire. Il espérait secrètement que Mélaine Jacobi serait disponible pour emmener Inès à la plage. Et éventuellement passer du temps avec elle.

Lorsque la cafetière siffla, Inès n'était toujours pas revenue. Gabriel alla voir dans sa chambre. Il trouva sa fille en train d'hésiter devant une dizaine de romans étalés sur son lit.

– Qu'est-ce que tu fabriques ? Dépêche-toi un peu, je vais être en retard !

– J'hésite… Je ne sais pas lequel prendre…

– Tu as déjà terminé celui que tu as commencé hier ?

– Oui, j'ai lu une grande partie de la nuit.

Gabriel remarqua soudain les cernes qui marquaient son visage.

– Choisir c'est renoncer ! lança-t-il en repartant vers la cuisine. Fais vite, il faut que j'aille bosser !

Deux minutes plus tard, Inès surgissait en déclarant :

– Finalement, je les emporte tous ! On verra bien…

Gabriel regarda le fond de sa tasse, le café reflétait ses idées noires. Il le fit disparaître d'une gorgée et se leva d'un bond.

– C'est parti !

Inès s'installa discrètement dans un coin de la pièce et se plongea aussitôt dans la lecture d'un nouveau roman.

La réunion débuta.

Dieu demanda à prendre la parole. D'un signe de tête, Roullier lui indiqua qu'elle pouvait commencer.

– J'ai deux nouvelles, une bonne et une mauvaise. Je commence par la bonne. J'ai identifié le joueur numéro six, il s'agit d'un certain Enzo Ramos, domicilié à Madrid.

Roullier était aux anges.

– Bien ! Il ne nous reste plus qu'un participant à trouver et nous aurons reconstitué le groupe du jeu du tueur en totalité.

Sonia Bahroune grimaça :

– C'est là que ça coince. La mauvaise nouvelle, c'est que Ramos ne veut pas nous livrer le nom de sa cible.

– A-t-il une raison particulière ?

– Il dit que rien ne l'y oblige.

– Vous lui avez expliqué que nous enquêtions sur un meurtre ?

– Tout à fait. Il a même paru très intéressé, mais cela ne l'a pas fait changer d'avis.

Roullier prit le temps de la réflexion.

– On a son adresse ? demanda-t-il enfin.

Dieu lui présenta un dossier.

– Oui, tout est là.

Roullier s'en empara et, sans même y jeter un coup d'œil, le tendit à Bonal.

– Voyez ça avec nos collègues espagnols. Insistez pour qu'ils lui mettent la pression.

– Ça marche, patron !

Tandis que le lieutenant quittait la pièce, Jimenez leva la main.

– Allez-y ! l'encouragea Roullier, toujours attentif aux suggestions du jeune stagiaire.

Ce dernier interpella Sonia.

– Quel métier avez-vous dit que Ramos exerçait déjà ?

– Je n'ai rien dit. Sur sa fiche, il est mentionné qu'il est producteur de cinéma.

Roullier avait du mal à voir où le stagiaire voulait en venir.

– Pourquoi posez-vous cette question ?

Jimenez n'hésita pas une seconde.

– Les joueurs que nous avons réussi à identifier ont tous sans exception une profession qui leur permet de mener une vie agréable, ils sont parfaitement intégrés à la société. Pour quelle raison commettraient-ils un crime ?

– Peut-être une vengeance ? lança Garnier sans trop de conviction.

Roullier secoua la tête.

– Non, Jimenez a raison. Cela n'a aucun sens !

Le capitaine se tourna vers le grand tableau où toutes les avancées de l'enquête, les pistes suivies ou les possibilités de recherche étaient consignées.

– Bon, dit-il après avoir longuement détaillé la moindre note, récapitulons. Un consultant international débarque à Marseille avec, dans ses bagages, un pistolet à eau. Pourquoi est-il venu dans notre ville ?

Psycho Pat se résigna à endosser le rôle du mur de retour.

– Il comptait faire d'une pierre deux coups. Primo, assister à une réunion de travail et secundo, tenter d'éliminer sa cible, l'écrivain Piër Frando, qui par une curieuse coïncidence se trouve aussi à Marseille.

– Peut-être que ce n'est pas une coïncidence justement, suggéra Jimenez. Il a très bien pu programmer sa réunion en fonction de la participation de Frando au salon du livre.

– C'est une possibilité, en effet. Essayez de savoir si c'est bien Lustrëm qui a décidé de la date de réunion.

Jimenez approuva d'un mouvement de tête.

– Ensuite, continua Roullier, il prend la navette pour rejoindre Marseille. Pourquoi refuse-t-il que l'entreprise lui envoie un chauffeur ?

– Il ne veut pas être trop « lisible », expliqua la psychologue. Il se sait lui aussi à la merci d'un agresseur potentiel et veut demeurer imprévisible. Dans ses déplacements du moins…

– Sans doute. C'est alors que quelqu'un lui plante une aiguille dans le cou. À quel endroit l'agression a-t-elle pu avoir lieu ?

– La réponse la plus probable est : à l'intérieur du bus. Les caméras de surveillance dans l'aéroport n'ont rien révélé.

– D'accord. Mais qui ? Je me trouvais à moins de deux mètres de lui et je n'ai rien vu !

Cette fois-ci, le mur de renvoi demeura muet.

– Nous n'arriverons jamais à boucler l'enquête d'ici lundi, laissa tomber Mélaine Jacobi.

L'intervention de la policière rappela soudain à Roullier ce qu'il avait prévu pour elle. Inès, sagement installée sur une banquette à l'écart, lisait. Il se demanda un moment si on ne lui avait pas échangé sa fille tyrannique avec une fille plus souple. Plus malléable. Il n'était pas encore certain de préférer ce nouveau modèle.

– Jacobi, ordonna-t-il en évitant de trop la dévisager, après la réunion, vous prendrez une voiture banalisée et vous irez vous assurer que Frando va bien. Emmenez Inès avec vous !

– Vous êtes sûr ?

– La plage est juste à côté. La journée lui paraîtra moins longue.

La policière sourit. Elle avait compris que Roullier lui suggérait d'aller se baigner avec sa fille et cela lui convenait parfaitement.

Le capitaine se tourna de nouveau vers le tableau Velleda.

– Faisons maintenant un point sur nos suspects. Qui avons-nous ?

Psycho Pat retrouva de la voix.

– Tous les passagers du bus sont suspects du fait qu'ils se trouvaient sur le lieu du crime. Évidemment, le touriste suisse, qui était assis juste derrière la victime, vient en tête de liste.

– Sauf que nous n'avons pas le moindre début de preuve, intervint Garnier.

– Je sais, avoua Roullier, nous n'avons pu établir aucune connexion avec la victime.

Dieu prit la parole.

– D'après les statistiques, le cas où l'assassin choisit sa victime totalement au hasard est de un pour dix mille !

Roullier ne put éviter une grimace de dépit.

– Autrement dit, il y a forcément une raison. Qu'avons-nous du côté des participants au jeu du tueur ?

– Au moment du crime, ils se trouvaient tous à des centaines de kilomètres de Marseille. À moins que l'un d'entre eux n'ait commandité le meurtre, cette piste ne nous mène nulle part !

– Attendons quand même d'avoir identifié notre dernier joueur, suggéra Roullier.

Il hésita avant d'ajouter :

– Avons-nous négligé une piste ?

– La piste professionnelle, suggéra Lacroix. Le monde des affaires est sans pitié. Victör s'y était peut-être fait des ennemis…

– C'est une possibilité. Fouillez donc de ce côté ! ordonna Roullier aux deux brigadiers. On se retrouve vers dix-sept heures pour la mise en commun du soir.

Chacun fila vers sa mission. En quittant la pièce, Mélaine lança à Inès :

– Je reviens te chercher d'ici dix minutes !

– Je serai prête, lui répondit-elle en refermant son livre.

Roullier détailla sa fille, elle ressemblait de plus en plus à Sarah. La beauté du diable…

Il l'embrassa sur le front.

– Et si tu te baignes, n'oublie pas de bien te mouiller la nuque avant.

– Papa !

Il leva les mains en guise de reddition.

– C'est bon, n'en dis pas plus ! J'ai compris.

13

« Ce fut à treize ans, je crois, que j'eus pour la première fois le pressentiment de ma vocation. »

Romain Gary

L'homme avançait le long du trottoir. Il parlait seul.

De tout temps, les génies avaient été incompris par leurs contemporains. C'était ça le problème. La reconnaissance n'était rien, ce qu'il voulait, lui, c'était l'éternité, être le premier, celui qui montre la voie aux autres.

Certes l'intervention de ce petit flic de malheur dans le bus avait dans un premier temps bloqué la poursuite de son projet. C'était le prix à payer, chaque grande œuvre comportait sa part de hasard. Mais ce qu'il avait pris de prime abord pour un inconvénient était en train de se révéler un précieux atout et allait lui permettre de préparer le terrain de ses futures actions.

Même dans ses rêves les plus fous, il n'aurait pu imaginer meilleur allié.

Son excitation était perceptible. Des gouttes de sueur glissaient le long de sa nuque et ses yeux brillants fixaient l'édifice situé à quelques mètres.

Un passant le bouscula mais l'homme n'en tint pas compte. Il demeurait entièrement concentré sur l'objectif qu'il s'était fixé.

Soudain, la porte s'ouvrit et une femme accompagnée d'une jeune fille surgirent dans la rue. L'homme eut le réflexe de pivoter et de baisser la tête pour éviter d'être reconnu. Il demeura figé. Attentif.

D'un revers de la main, il chassa les gouttes de sueur qui s'accumulaient sur son front. Son cœur battait la chamade.

Il s'en était fallu de peu qu'il soit découvert, mais il ne pouvait renoncer maintenant. Il était allé trop loin…

Très jeune, il avait ressenti cette envie en lui. Ce désir profond de laisser une trace.

Des images lui revinrent en mémoire. Pablo Picasso répondant aux questions d'un journaliste : « Dans chaque enfant, il y a un artiste. Le problème est de savoir comment rester un artiste en grandissant. »

À sa manière, l'homme avait trouvé la réponse. En demeurant un enfant. En jouant comme les enfants. En s'amusant à tuer.

Il s'éloigna à pas lents tandis que Mélaine Jacobi et Inès filaient de leur côté.

Le bulletin météo prévoyait un orage en début de soirée.

14

« L'idée de la perdre m'était insupportable. C'était perdre avec elle la petite princesse, perdre la fillette que j'avais été et perdre tout ce qui me restait de mon père. »

Jean-Claude Mourlevat

Un soleil magique brillait sur la ville.

Il offrait à ses habitants le sentiment que les vacances pouvaient très bien se dérouler là. Au même endroit que celui où ils vivaient le reste de l'année. Mélaine Jacobi sortit de l'eau et courut jusqu'à la serviette de bain. Elle s'y allongea en laissant échapper un petit cri de plaisir.

– Hum, elle est trop bonne ! Tu ne vas pas te baigner ?

À ses côtés, Inès leva les yeux du livre qu'elle ne quittait pas depuis leur arrivée sur la plage.

Elle se tourna vers Mélaine et lui offrit un sourire de dépit.

– C'est pas l'envie qui me manque, mais j'ai comme un problème.

Ses yeux descendirent vers son bas-ventre.

– Je n'avais pas prévu !

Mélaine réalisa alors que la petite fille était en train de devenir une femme. Elle se demanda si le père d'Inès s'en était rendu compte, lui aussi.

– Pas de chance, dit-elle. Tu peux au moins aller te tremper les pieds, l'eau est d'un bleu transparent…

Inès ne lui laissa pas l'occasion de terminer sa phrase.

– La couleur de l'eau n'est que le reflet du ciel ! renvoya-t-elle sur un ton cassant.

Mais il en fallait plus pour déstabiliser la policière.

– C'est dans ton cours de sciences que tu as appris ça ? répondit-elle en fixant Inès.

Cette dernière baissa la tête, honteuse.

– Désolée. Je ne voulais pas être agressive, mais c'est plus fort que moi !

La jeune femme lui caressa le bras du bout des doigts.

– Ce n'est rien ma puce. J'aimerais juste comprendre ce qui t'arrive.

Il y eut des cris d'enfants, le bruit de la mer qui roule sur les galets, puis Inès déclara :

– C'est à cause de mon père !

– Comment ça, ton père ?

– Je veux dire ce qui se passe entre toi et mon père, poursuivit Inès en rougissant. Tout à l'heure en t'attendant dans le bureau, j'ai entendu Garnier dire à Lacroix que mon père était tombé amoureux de toi…

– Oui, et alors ?

– Il faut que tu saches que jamais tu ne remplaceras ma mère !

Brusquement, la jeune femme éclata de rire. Sous les yeux ébahis d'Inès, elle se tordait en deux, emportée par un fou rire qu'elle avait le plus grand mal à contrôler.

– Qu'est-ce qu'il y a ? demanda Inès vexée. Qu'est-ce que j'ai dit de si drôle ?

Des larmes plein les yeux, Mélaine tenta de calmer les soubresauts qui l'animaient encore.

– Je ne m'attendais vraiment pas à un truc pareil…

À bout de souffle, elle attendit d'avoir récupéré pleinement ses moyens avant de poursuivre :

– Désolée, mais il n'y a pour l'instant absolument rien entre ton père et moi. Et, en imaginant qu'il se passe quelque chose un jour, je n'aurais jamais l'intention ni la prétention de remplacer ta mère.

Inès était morte de honte.

– Excuse-moi, j'ai vraiment raconté n'importe quoi !

Mélaine lui caressa les cheveux.

– Ce n'est pas la peine de t'excuser. C'était important de ne pas garder ça pour toi. Maintenant, au moins, les choses sont claires.

Inès hocha la tête.

– Ce que tu dois aussi savoir, c'est que ton père ne restera pas éternellement seul. Il est plutôt bel homme tu sais…

Inès savait. C'est même ce qui avait créé problème un moment entre ses parents. Sarah était d'une jalousie féroce.

– J'imagine, continua Mélaine, que ta mère n'a pas attendu autant de temps que lui pour faire des rencontres ?

– Non, en ce moment elle est avec un éditeur.

Le regard de la policière s'attarda sur le livre qui avait glissé sur le sable.

– Je comprends mieux ta passion soudaine pour la lecture.

Inès soupira.

– C'est un peu forcé, mais bon, on a les livres gratuitement.

La policière se redressa et commença à s'habiller.

– Bon, il va falloir que j'aille dire un petit bonjour à notre écrivain. Tu m'accompagneras ?

– Si je pouvais éviter, grimaça Inès. Je commence à en avoir assez des livres.

Mélaine hésita un moment puis déclara :

– C'est d'accord. Tu peux rester sur la plage à une condition.

– Laquelle ? demanda Inès en fronçant les sourcils.

– Tu ne t'éloignes pas d'ici et tu ne parles pas aux garçons !

– Hé, ça fait deux conditions !

Elles éclatèrent de rire à l'unisson. La confiance était revenue.

– Tu vas surtout me promettre une chose, reprit Mélaine d'une voix plus grave. Cette fois-ci, reste en dehors de l'enquête. Ça pourrait être dangereux !

Inès leva la main en direction du soleil.

– J'ai déjà promis à ma mère, mais je veux bien jurer encore une fois.

– Ça marche ! Attends-moi ici, je reviens dans une petite demi-heure.

En la regardant s'éloigner vers le chapiteau, Inès pensa que son père avait de la chance. D'avoir des femmes comme Sarah ou Mélaine pour tomber amoureuses de lui ou une fille comme elle pour se rappeler que, sous le tunnel, les veilleuses à l'intérieur du bus n'avaient pas fonctionné et que le meurtrier avait très certainement agi à ce moment-là.

15

« Kléber avait cet espoir, assez répandu chez les jeunes gens, que les problèmes se réglaient d'eux-mêmes si on évitait d'y penser. »

Marie-Aude Murail

Roullier était perdu dans ses pensées lorsque Sonia Bahroune toqua à la vitre de son bureau et lui fit signe de la rejoindre.

– Ça y est, annonça-t-elle fièrement tandis que le capitaine approchait, je l'ai !

– Vous avez quoi ? demanda Roullier.

– L'identité du joueur numéro sept !

– Notre producteur s'est enfin décidé à parler ?

Dieu esquissa une grimace.

– Oui, les policiers espagnols lui ont mis la pression. Sauf qu'en réalité, notre homme n'a jamais été producteur de cinéma. Et c'est pour cette raison que ça coinçait !

– Qu'est-ce que vous me racontez là ?

– Enzo Ramos est journaliste free-lance. Il mène actuellement une enquête sur les killer games à travers l'Europe, plus précisément sur les parties où les joueurs misent de grosses sommes, comme celle qui nous intéresse. Un quotidien national lui a avancé l'argent pour s'inscrire. Notre journaliste comptait apparemment beaucoup sur cet article pour se faire un nom dans le métier.

Déjà Roullier s'impatientait.

– Bon, vous allez me donner l'identité du dernier joueur ou il faut que je vous menace pour l'obtenir ?

– Ah oui, pardon ! C'est un certain Adam Elvet, il réside à Berlin et c'est un artiste conceptuel.

– Conceptuel ?

Dieu désigna l'écran de son ordinateur.

– Jetez donc un œil sur son site, parfois quelques images valent mieux qu'un long discours.

– C'est quoi cette horreur !? s'exclama Roullier au bout de quelques minutes. Des corps de poulets mutilés, des arrêts de bus carbonisés au lance-flammes, des gens nus alignés contre un mur sur lesquels on projette des sachets remplis de vomissures, des téléviseurs en état de marche détruits à coups de masse…

Sonia se sentit obligée d'y aller de sa petite explication.

– Certains artistes actuels n'utilisent plus les supports traditionnels tels que la toile ou le marbre. Leur démarche s'inscrit dans la notion d'éphémère et non plus dans la durée.

Roullier, en élève très attentif, encouragea Dieu à poursuivre son cours de remise à niveau.

– Désormais, on parle de performances et de happening. Mettre une claque à quelqu'un en pleine rue est considéré comme de l'art vivant à condition que la scène soit filmée en direct et que l'on puisse ensuite y greffer un discours approprié.

Le capitaine demeurait sceptique.

– Et ce type arrive à gagner sa vie en produisant ce genre de choses horribles ?

– Plutôt bien si j'en crois sa cote. Adam Elvet est l'un des artistes les plus en vue du moment ! Sa dernière création, une série de boîtes de conserve hermétiquement fermées et numérotées de un à dix, dans lesquelles il a déposé une petite quantité de ses déjections matinales datant du jour où les Twin Towers se sont effondrées, s'est vendue à plus de trois millions d'euros.

– Bon sang ! Et dire que nous risquons notre vie pour moins de deux mille euros par mois...

Dieu esquissa un sourire.

– En tout cas merci pour la leçon. Je ne vous savais pas aussi calée dans ce domaine.

La technicienne piqua un fard.

– Mon compagnon est également artiste.

– Je ne savais pas... Avez-vous réussi à joindre cet Adam Elvet ? demanda Roullier.

– Je n'ai eu que son agent artistique qui m'a appris qu'il était actuellement en voyage au Mexique. Parti chercher l'inspiration pour sa prochaine œuvre...

– Comment fait-on pour le joindre ?

– C'est lui qui s'en chargera. Son agent va l'informer de notre requête et Elvet nous appellera en fin de journée.

– Bien. Il n'y a plus qu'à prendre notre mal en patience.

Garnier les rejoignit.

– Que se passe-t-il ? demanda Roullier de sa voix grave.

– Le touriste suisse est dans nos bureaux.

Roullier ne se souvenait pas de l'avoir convoqué.

– Qu'est-ce qu'il fait là ?

Le brigadier haussa les sourcils.

– Il est venu solliciter notre autorisation de s'éclipser jusqu'à lundi. Il veut aller crapahuter dans les calanques.

– Si tous nos témoins étaient aussi corrects, nos journées seraient sans doute plus douces. Dites-lui qu'il a notre accord.

Et tandis que Roullier regardait Garnier s'éloigner, il sentit très nettement qu'ils approchaient du but.

Il en aurait mis sa main au feu. Sans hésiter.

16

« Elle ne s'ennuyait pas. Au contraire. C'était curieux. Jusque-là, elle avait eu le sentiment que le temps ne s'écoulait pas, que son existence ressemblerait toujours à cette interminable enfance... et, tout à coup, la vie accélérait ! »

Hélène Montardre

L'orage éclata au moment où commençait la réunion.

Mélaine Jacobi et Inès étaient revenues au commissariat en fin de journée. Inès semblait détendue, quant à Mélaine elle avait pris des couleurs et Roullier dut se mordre les lèvres pour ne pas lui avouer combien il la trouvait adorable.

– Alors ? fut le seul mot qu'il parvint à prononcer.

– Une mission tranquille, répondit la jeune femme. La prochaine fois que vous en aurez une autre de ce genre, n'hésitez pas.

– Et comment notre écrivain pour la jeunesse a-t-il réagi ?

– Il a été parfait. Frando est vraiment un homme charmant. D'après moi, ma présence a été plus appréciée que celle de Jimenez.

Le stagiaire ne laissa pas passer l'occasion d'une remarque sexiste.

– Le combat était inégal, vous avez des arguments contre lesquels je ne peux pas lutter.

Mélaine, loin de s'offusquer, trouva là matière à une réplique ironique.

– Je sais, rétorqua-t-elle en souriant, la finesse d'esprit est la chose la moins partagée au monde.

Garnier éclata de rire.

– Un à zéro pour Jacobi, balle au centre !

Roullier invita ensuite les policiers présents à visiter le site Internet d'Adam Elvet et le malaise qu'il lut sur leur visage le rassura. Il n'était pas le seul à considérer l'artiste allemand comme légèrement dérangé.

– C'est bizarre, remarqua Garnier, Elvet n'est jamais présent sur les photos.

– Pas plus que sur les vidéos tournées durant les performances, ajouta Lacroix.

Le capitaine interrogea Psycho Pat.

– Qu'en pensez-vous ?

– C'est curieux en effet, répondit la psychologue. D'habitude, ce genre de personnage adore se mettre en scène.

Jimenez ne put s'empêcher d'y aller de son commentaire.

– Il y en a même qui utilisent leur propre corps comme support principal de leur création. J'ai lu dernièrement un article sur une artiste qui multiplie les opérations chirurgicales. Elle s'est, par exemple, fait greffer des billes d'acier sur le visage.

Bonal, toujours efficace, notait les remarques qui fusaient sur un coin du tableau.

Roullier jeta un coup d'œil du côté de sa fille. Cette dernière s'était assoupie et le livre qu'elle tenait avait glissé au sol. Il se demanda ce qui se passerait si le lendemain l'enquête n'était pas résolue. Pourrait-il laisser l'équipe se débrouiller seule ? Et, dans le cas contraire, comment expliquer à une adolescente que ses vacances allaient être gâchées parce que son imbécile de père était incapable de lâcher une affaire en cours ?

L'intrusion de Sonia Bahroune dans le bureau le ramena soudain à la réalité.

– Ça y est, dit-elle, nous avons Elvet en ligne !

– Branchez la communication sur haut-parleur, lui ordonna Roullier, que tout le monde en profite.

L'espace fut envahi par un grésillement aigu puis une voix lointaine se fit entendre.

– Capitaine Roullier ?

– Oui.

– Bonjour, je suis Adam Elvet. Mon agent m'a expliqué que je devais vous contacter. Il paraît que c'est urgent…

Sa voix était nasillarde, avec un léger accent germanique.

– En effet, j'ai quelques questions à vous poser.

– Allez-y ! Je vais tâcher d'y répondre.

Les membres de la brigade affichaient, malgré la fatigue accumulée pendant les dernières quarante-huit heures, une concentration qui forçait le respect. Roullier remarqua aussi qu'Inès s'était réveillée et elle le fixait avec intérêt.

Il attaqua bille en tête.

– Pour commencer, j'aimerais savoir si vous êtes actuellement engagé dans un killer game.

La réponse fusa, sans la moindre hésitation.

– Oui, effectivement. Mais je n'ai encore tué personne.

– Cela tient sans doute à votre éloignement géographique provisoire, commenta Roullier. Difficile d'être efficace à une telle distance.

– C'est certain, reconnut Elvet avec un petit rire. Mais cela a aussi un avantage, qui est de me mettre à l'abri de celui ou celle qui a pour mission de me tuer. Cela dit, dès mon retour du Mexique, je compte m'occuper de ma cible de manière plus sérieuse.

Psycho Pat prenait des notes sur le petit carnet noir qui ne la quittait jamais. Roullier se demanda si elle ne dormait pas avec.

– Monsieur Elvet, pourrais-je connaître le nom de votre cible ?

– Bien sûr. Attendez que je retrouve mes papiers...

Il y eut un silence, puis :

– Voilà, il s'agit d'un certain Victör Lustrëm. Un Suédois domicilié à Stockholm.

Les visages se détendirent. Ainsi, ils étaient parvenus à remonter la liste dans sa totalité, mais étaient-ils plus avancés pour autant ? Avaient-ils vraiment affaire à un tueur à l'autre bout de la ligne ?

– Vous voulez que je vous donne son adresse ? continua l'artiste berlinois.

– Non, cela ne sera pas nécessaire... Monsieur Elvet, j'ai une mauvaise nouvelle à vous apprendre...

Jimenez murmura :

– Ou une bonne, cela dépend du côté où l'on se place !

Un coup de coude de Mélaine Jacobi dans ses côtes flottantes le rappela à plus de discrétion.

– Votre cible a été tuée, asséna Roullier. Je veux dire vraiment. Nous menons actuellement une enquête pour retrouver son meurtrier.

Il n'y eut pas de réaction. Adam Elvet devait sans doute réfléchir à ce que cela impliquait.

– Capitaine, dois-je appeler mon avocat avant de poursuivre cette discussion avec vous ? demanda-t-il au bout d'un moment.

– Cela ne sera pas nécessaire, tenta de le rassurer Roullier. Vous n'êtes pas suspect.

Mais l'artiste était loin d'être naïf.

– Je suppose que cela n'a pas toujours été le cas. Ma présence au Mexique a dû jouer en ma faveur.

Roullier esquissa un sourire.

– Dans notre métier, nous ne pouvons nous permettre de négliger la moindre piste.

– Pas de problème capitaine, je comprends.

– Je tenais également à vous informer, ajouta Roullier, que nous avons identifié les autres participants et que votre partie est arrêtée.

– Parfait, cela m'arrange. Je vais pouvoir me remettre à travailler sereinement.

– Une dernière chose, quand comptez-vous rentrer en Europe ?

Adam Elvet ricana.

– Pour vous dire la vérité, je n'en ai pas la moindre idée. Je me laisse toujours guider par l'inspiration.

– Bien. Merci d'avoir appelé en tout cas.

– De rien, répondit Elvet. Bonne chance pour votre enquête !

Et il raccrocha.

Le capitaine se tourna vers son équipe.

– Alors, demanda-t-il d'une voix lasse, quel est votre avis ?

Personne ne trouva le courage de répondre, tous étaient conscients que leur hypothèse venait de s'effondrer. Le tueur du jeu ne semblait pas être celui de la réalité.

Dehors, la pluie redoubla d'intensité.

17

« Maintenant la vie me semblait aussi plate qu'un écran de cinéma après le mot FIN. Je bâillais à tout. L'enthousiasme de ma jeunesse ? Parti en fumée. Plus d'intérêt à rien. »

Henri-Frédéric Blanc

Lorsque Gabriel revint dans le salon, Inès ne daigna pas lever les yeux de son livre.

– Ça y est, lui annonça-t-il sans savoir si elle l'écoutait, j'ai commandé les pizzas. Le livreur arrive d'ici une vingtaine de minutes.

– Hum, fit-elle en tournant la page.

Son père voulut vérifier si elle était vraiment attentive à ses propos.

– Au fait, comme il n'y avait plus de pizza au fromage, j'ai pris la spéciale mandarine-banane, ça te va ?

Même réponse, même désintérêt.

– Hum !

Il s'apprêtait à quitter la pièce quand Inès lui lança :

– Il vient comment ?

– Qui ça ? demanda Gabriel qui nageait en plein brouillard.

– Le livreur. Il vient comment jusqu'ici ?

– En scooter, j'imagine. Pourquoi cette question ?

– Parce que les pizzas risquent d'être trempées. Avec ce qui tombe dehors...

Gabriel sourit.

Lorsque les pizzas arrivèrent un quart d'heure plus tard, le carton les protégeant était aussi sec qu'un maillot de bain posé depuis des heures sur un fil d'étendage en plein après-midi d'un mois d'août caniculaire.

– Je ne sais pas ce qu'il en est pour vous à la capitale, se moqua gentiment Gabriel, mais chez nous les livreurs transportent les pizzas dans des coffres hermétiques fixés à l'arrière de leur scooter. On n'arrête pas le progrès !

– Ah, ah, très drôle !

Ils se mirent à table et Inès daigna enfin abandonner son livre. C'est après qu'elle eut attaqué la deuxième part que survint la question.

– Au fait papa, c'est d'accord, on part toujours lundi matin ?

Gabriel faillit s'étrangler avec le morceau qu'il était en train d'ingurgiter.

– Oui, oui, murmura-t-il, en principe, oui...

Inès fit la grimace.

– Je n'aime pas trop la façon dont tu prononces le mot « principe ».

– Ne t'inquiète pas, bafouilla-t-il, je ne reviendrai pas sur une parole donnée. Il y a juste que...

Inès reposa délicatement le morceau de pizza dans la boîte en carton. Ensuite, elle essuya lentement sa bouche avec la serviette placée sur ses genoux, avala une gorgée de Coca et fixa son père droit dans les yeux.

– Il y a juste quoi, papa ?

Gabriel affichait l'expression coupable d'un enfant venant de se faire attraper par l'épicier, les poches pleines de bonbons dérobés.

– Il y a juste que l'enquête n'a commencé que jeudi en début de journée, donc...

Il s'interrompit, légèrement anxieux. Sa fille allait le maudire.

Pour l'instant, elle se contentait de tapoter nerveusement avec ses doigts le rebord de la table en bois.

– Donc quoi papa ?

Gabriel se lança, prêt à affronter la tempête qui ne manquerait pas de se lever.

– Donc logiquement, j'ai encore jusqu'à lundi midi avant de confier l'enquête à Bonal.

C'est alors qu'un miracle se produisit : Inès sourit.

– C'est parfait ! dit-elle en soupirant d'aise. Disons que je te laisse jusqu'au déjeuner pour trouver le coupable.

Son père n'en croyait pas ses oreilles.

– Je ne m'attendais pas à… autant de compréhension de ta part.

Elle désigna le livre.

– Je veux juste terminer ce roman avant de prendre la route.

– Bien, cela me semble correct.

Il aurait volontiers embrassé l'écrivain pour lui prouver sa gratitude.

– Mais une fois le roman terminé, poursuivit Inès, j'appelle maman pour l'informer de la situation !

Gabriel jeta un œil discret vers le livre en question. À vue de nez, il lui restait environ quatre cents pages à lire. Le coup demeurait jouable.

Inès lui tendit la main droite.

– Ça marche comme ça ?

Gabriel y claqua la sienne.

– Ça marche !

Inès reprit sa part de pizza et se remit à manger tranquillement. Gabriel en était certain maintenant, on lui avait substitué sa fille.

Qui était donc cet ersatz d'Inès, plus proche de la petite fille modèle que de la jeune effrontée qu'il adorait par-dessus tout ?

Après avoir englouti la dernière bouchée, elle annonça d'une voix angélique :

– Sauf que je sais parfaitement bien que toi et ton équipe, vous êtes mal embarqués sur cette enquête.

– Là tu ne surprendras personne, un aveugle s'en rendrait compte !

– Donc demain à midi, le meurtrier sera toujours en liberté. À moins que...

– À moins que quoi ? demanda Gabriel.

– J'ai promis à maman de ne plus jamais me mêler de tes enquêtes !

– Si tu sais quelque chose qui peut nous faire progresser, c'est le moment de le dire. Tu as ma parole que ta mère n'en saura rien !

Elle fit semblant de réfléchir.

– Inès ! s'énerva son père. Arrête cette comédie, on n'est pas en train de jouer à un jeu, là !

Elle sentit qu'elle venait d'atteindre la limite. Et elle n'avait aucune envie de la franchir.

– OK, OK ! On se calme. Bon, voilà le topo : il me semble, que dans l'affolement général, tu as omis un détail important...

– Lequel ? s'impatienta Gabriel.

– Le bus a été plongé dans l'obscurité totale lorsque nous sommes passés dans le tunnel.

Rappelle-toi, aucune des veilleuses ne fonctionnait. J'ai même râlé parce que je ne pouvais plus lire ! Ça m'est revenu cet après-midi sur la plage.

Gabriel se leva et se mit à arpenter la cuisine de long en large. Comment avait-il pu laisser échapper un détail d'une telle importance ?

– Cela signifie que le touriste suisse serait coupable. C'est le seul qui a eu la possibilité de planter l'aiguille durant le trajet sans que personne se rende compte de rien. C'est le seul aussi qui se trouvait assez proche de la victime pour agir avec autant de précision.

– Exact !

– Oui, mais pourquoi ? Quelle raison aurait pu pousser Franck Ullrich à tuer Victör Lustrëm ?

– Ça, c'est à toi de le découvrir ! lâcha Inès en récupérant son livre.

Elle s'approcha de son père puis, se dressant sur la pointe des pieds, déposa un bisou tendre sur le bout de son nez.

– Bon, je vais me coucher !

Puis, le fixant avec un sourire au coin des lèvres, elle ajouta :

– Cette enquête me fatigue plus que toi.

– À demain, murmura Gabriel pour couper court à toute polémique.

Il la regarda s'éloigner, pensif.

Resté seul, il appuya son front contre la baie vitrée et tandis que les gouttes de pluie frappaient en cadence le carreau, il comprit soudain que le puzzle n'allait pas tarder à se compléter définitivement.

18

« Personne n'aurait pu imaginer que ça prendrait de telles proportions et que ça allait nous mener droit vers le pire.
– Ça va mal finir... nous avait pourtant prévenus mon père.
Mais il dit ça tout le temps, mon père, que ça va mal finir, alors comment savoir. Parce qu'il s'inquiète constamment pour un rien. »

Guillaume Guéraud

Le premier rayon de lumière qui filtra à travers les stores mi-clos s'en alla éclairer le flacon posé sur la table de chevet. Petit flacon rempli de curare et dans lequel une aiguille avait baigné toute la nuit.

Le deuxième rayon se fixa sur la figure de l'homme et le réveilla. Il s'étira longuement, puis sortit sur le balcon. La journée s'annonçait belle. Et la vue était toujours aussi sublime.

Il sifflota en prenant sa douche. Maintenant qu'il avait la certitude de pouvoir poursuivre l'œuvre entreprise, son moral remontait en flèche.

Les policiers avaient fait du bon boulot, rapide et précis. Désormais il possédait la liste entière et son travail s'en trouvait largement facilité. Et surtout, comble de chance, la prochaine cible séjournait elle aussi en ville.

Ainsi donc son déplacement à Marseille serait doublement productif.

L'homme s'habilla tranquillement, se délectant de chaque minute qui le rapprochait du moment où, à nouveau, il sentirait la vie couler en lui. Le frisson de la création.

Enfin prêt, il glissa l'aiguille dans un tube en plastique et quitta la chambre d'hôtel.

Sitôt dehors, il se dirigea vers une station de taxis. Sa montre indiquait neuf heures trente.

Dans moins d'une heure, il frapperait encore.

19

« Dans un roman policier, quelqu'un est chargé de découvrir qui est l'assassin puis de le capturer. C'est une énigme. Si l'énigme est bonne, il arrive qu'on trouve la réponse avant la fin du livre. »

Mark Haddon

En période de crise, les dimanches en famille n'existaient plus pour les membres de la brigade sud.

C'était dimanche et ils étaient là. Disponibles et motivés. Regroupés autour de tasses de café chaud et de croissants que Roullier avait pris la peine d'acheter en chemin.

Le temps que dura la collation, il leur raconta la nuit blanche qu'il avait passée suite à la révélation d'Inès.

Cette dernière avait préféré rester rêvasser à la maison plutôt que d'accompagner son père au bureau. Elle savait qu'il ne consentirait pas, pour son ultime journée d'enquête, à sacrifier un membre de son équipe afin de lui servir de chaperon sur l'une des nombreuses plages marseillaises.

– Durant ces longues heures, reprit Roullier, j'ai eu tout loisir d'envisager quantité d'hypothèses en ce qui concerne le déroulement du meurtre...

Bonal, qui arborait une improbable chemise jaune ocre assortie à une cravate rose du plus bel effet, lui demanda :

– Et laquelle vous semble la plus probable ?

Roullier, contrairement à ce qu'espérait le lieutenant Bonal, ne livra pas la solution clé en main. Il se contenta de le questionner à son tour.

– Si l'on part de l'idée que la personne la mieux placée pour assassiner Lustrëm est notre touriste suisse, que nous manque-t-il pour étayer cette hypothèse ?

Comme prévu, Jimenez réagit au quart de tour.

– Un mobile !

– Ainsi que des preuves ! compléta Bonal d'un air grave.

– Et qui d'après vous avait un mobile pour tuer notre homme d'affaires suédois ?

Il y eut un moment de flottement. Bonal livra le sentiment général.

– Difficile à dire, personne ne sort vraiment du lot…

Roullier leva la main bien haut.

– D'accord. Je reformule ma question. Qui, parmi nos suspects, vous semble la personne la plus… étrange ?

Cette fois-ci, il y eut unanimité.

– L'artiste !

– Adam Elvet !

– Le septième joueur du killer game !

Roullier en fut ravi.

– Vous avez constaté comme moi que cet homme est capable de tout pour aller jusqu'au bout de son projet artistique…

Les policiers approuvèrent. Qui d'un mouvement de tête, qui d'un battement de cils, qui d'un claquement de langue.

– Pourquoi, poursuivit Roullier, ne pas imaginer qu'il ait décidé de tuer l'un des participants au jeu et de considérer ce crime comme une œuvre ?

La psychologue abonda dans son sens.

– Ça tient la route. Un esprit perturbé peut très bien développer un tel projet et se persuader qu'il est tout à fait légitime.

Garnier leva la main pour prendre la parole. Le ton sur lequel il s'exprima reflétait son scepticisme.

– Vous voulez dire qu'Adam Elvet aurait demandé à Franck Ullrich de tuer Victör Lustrëm, et qu'il serait parti au Mexique afin que personne ne le soupçonne ?

– Difficile à admettre ! déclara Lacroix, qui partageait l'avis de son collègue.

Roullier sourit.

– Bien entendu, mon hypothèse ne tient pas la route. Et cela pour une raison qui peut paraître évidente...

– L'artiste est celui qui accomplit l'acte de création ! s'exclama Jimenez.

Psycho Pat commençait elle aussi à suivre le cheminement de pensée de son supérieur.

– Bien vu, dit-elle à son tour. Si Ullrich tue Lustrëm, c'est Ullrich qui est considéré comme ayant accompli la performance, et non Adam Elvet.

Roullier reprit la parole.

– C'est effectivement ce que je croyais et, sur les coups de cinq heures du matin, j'ai eu, comment dire... une sorte de révélation !

– Dieu vous est apparu ? se moqua gentiment Mélaine Jacobi.

Roullier lui retourna son sourire.

– En quelque sorte. Disons plutôt que je l'ai appelé au petit matin et que nous avons eu une longue conversation. Je lui ai même demandé d'effectuer un petit travail pour moi.

À cet instant, Sonia Bahroune fit une entrée remarquée. Ses vêtements chiffonnés, ses traits tirés, ses cheveux en bataille, tout chez elle témoignait d'une fin de nuit perturbée. Entre ses mains, l'ordinateur portable sur lequel elle avait dû s'acharner des heures durant.

– Ça y est chef, dit-elle en guise de bonjour. Vous aviez raison.

Devant les mines surprises des membres de la brigade, Roullier réalisa qu'il leur devait une explication.

– Dans la nuit, en voulant faire le point sur l'enquête, je me suis approché de la baie vitrée de ma terrasse. J'ai fermé les yeux pour mieux me concentrer, c'est alors que j'ai remarqué le bruit des gouttes sur la vitre.

– Ploc, ploc, ploc ! hasarda Jimenez.

Roullier apprécia à sa juste mesure la plaisanterie qui avait contribué à détendre l'atmosphère.

– Jimenez, vous qui semblez tout connaître du bruit de la pluie, vous savez sans doute aussi que les communications reçues au commissariat sont enregistrées et conservées durant un mois.

– Euh… balbutia Jimenez, oui. Je crois…

Roullier se tourna vers la technicienne qui se lança à son tour.

– Le capitaine m'a demandé d'analyser l'appel d'Adam Elvet que nous avons reçu hier soir. Écoutez attentivement…

Sonia appuya sur une touche de son ordinateur. Chacun reconnut aussitôt la voix du capitaine qui conversait avec l'artiste conceptuel allemand.

– J'ai réussi à isoler ce bruit... annonça Sonia.

Elle cliqua sur la barre des menus, pianota sur les touches du portable et, cette fois, tous entendirent parfaitement les rafales de pluie qui s'abattaient sur les parois vitrées de la cabine téléphonique.

Psycho Pat fit la grimace.

– Il pleuvait peut-être aussi à Mexico...

– C'est ce que je me suis dit, déclara Roullier, et j'ai demandé un bulletin météorologique. Il n'est pas tombé la moindre goutte de pluie sur la totalité du pays depuis plus d'une semaine !

Bonal fut le premier à réagir.

– Mais si l'artiste allemand ne se trouvait pas à Mexico, où était-il ?

– Là est la question ! Les services techniques ont recherché l'origine de l'appel. Il provient d'une cabine située à Marseille.

Jimenez avait l'impression de pénétrer dans un tunnel obscur, d'y perdre en un instant ses repères et d'être obligé d'avancer à tâtons.

– Mais alors, qui est l'assassin ? questionna-t-il, halluciné. Le touriste suisse ou l'artiste allemand ?

Roullier le dévisagea et décida de mettre l'intelligence du jeune stagiaire à l'épreuve.

– Il me semble que vous étiez avec moi lorsque nous avons rendu visite à Piër Frando ?

– Oui...

– Vous souvenez-vous de ce qu'il m'a répondu lorsque je lui ai demandé si son prénom était d'origine suédoise ?

La réponse ne tarda pas.

– Que ce n'était qu'un pseudonyme.

– Exact. Les artistes ne travaillent pas toujours sous leur véritable patronyme, ils utilisent parfois des noms d'emprunt. Alors, je vous pose la question suivante : pourquoi ne serait-ce pas le cas d'Adam Elvet ?

La psychologue fut la plus rapide à réagir.

– Ça pourrait l'être en effet ! Il a très bien pu choisir Adam en référence au premier homme. Il se considère comme une sorte de pionnier dans la voie criminelle qu'il a choisie.

La psychologue marqua une pause.

– Par contre, j'avoue avoir plus de mal en ce qui concerne Elvet.

Roullier suggéra :

– Relisez les notes de votre petit carnet noir. Lors du second interrogatoire, qu'a répondu Franck Ullrich lorsque Garnier l'a questionné au sujet de sa nationalité ?

Psycho Pat parcourut ses notes et retrouva le passage en question.

– Il a répondu... Helvétique.

À cet instant, Jimenez sortit du tunnel sans fin dans lequel il lui avait semblé s'engager. La lumière lui apparut comme une évidence.

– Bon sang, Elvet pour Helvète ! s'écria-t-il. Franck Ullrich et Adam Elvet ne sont qu'une seule et même personne !

Cette révélation plongea l'équipe dans un abîme de réflexions. On aurait pu entendre une mouche voler, si seulement il y en avait eu une.

Mais Bonal ne paraissait pas encore entièrement convaincu.

– Il y a une chose qui m'échappe, dit-il les sourcils en broussaille. Si notre tueur est vraiment Franck Ullrich, pourquoi est-il revenu nous demander l'autorisation de partir s'isoler dans les calanques ? Pourquoi n'a-t-il tout simplement pas filé ?

Roullier écarta les bras en signe d'ignorance.

– C'est à partir de là que je sèche, avoua-t-il. Je n'arrive pas à comprendre une attitude aussi conciliante à notre égard.

Jusqu'à présent, Mélaine Jacobi était restée silencieuse, se contentant d'écouter. Mais lorsque son regard croisa le tableau Velleda, elle s'exclama en pointant de l'index les noms des participants au jeu du tueur :

– Parce qu'il avait besoin de nous ! Nous avons remonté la piste à sa place !

Roullier sentit un frisson d'effroi lui courir le long du dos.

– Mais oui, bien sûr ! Voilà pourquoi il est revenu à la brigade, pour voir la liste des participants au killer game ! Désormais, il possède tous les noms. Rien ne l'empêche de poursuivre ce qu'il considère sans doute comme son œuvre majeure !

Garnier et Lacroix filaient déjà en courant vers la sortie.

Tous savaient maintenant avec certitude où trouver l'assassin de Victör Lustrëm.

20

« Traversant, rapide et silencieux comme une ombre, le camp endormi, il s'élança… Mais comme il se rapprochait de l'être qui l'appelait, il ralentit par degrés son allure et s'avança, prudent et rusé. »

Jack London

Le tueur avançait lentement le long de l'allée principale du salon. Le fait que les Marseillais boudent la manifestation servait ses intérêts. Difficile pour des policiers, même en civil, de se camoufler dans la foule tant le public était clairsemé.

Franck Ullrich s'amusa à dénombrer les visiteurs qui flânaient parmi les livres en cette matinée dominicale et il ne dépassa pas la trentaine. Il pensa que les auteurs présents devaient se désespérer d'avoir sacrifié leur week-end pour un si piètre résultat.

Quant aux organisateurs, ils étaient sans doute en train de préparer la corde pour se pendre tant l'échec de Livrestival était évident.

Aussi, ne fut-il pas surpris de voir la mine de Piër Frando se réjouir au fur et à mesure qu'il se rapprochait du stand où l'auteur jeunesse dédicaçait.

Parvenu à quelques centimètres de la table recouverte d'un tissu en velours pourpre, Ullrich s'immobilisa et fit mine de s'intéresser aux ouvrages.

Il n'était que dix heures et pourtant le soleil frappait déjà fort sur la toile du chapiteau. D'ici une heure, l'endroit deviendrait irrespirable. Un étrange mélange de méfiance et d'espoir se lisait dans le regard de Piër Frando, usé par deux jours passés sous la canicule à guetter l'acheteur potentiel.

– Bonjour ! dit enfin Ullrich, s'emparant avec une lenteur calculée d'un exemplaire posé au sommet d'une pile de livres.

– Bonjour ! répondit l'écrivain en souriant.

Ullrich feuilleta un instant le roman, piochant une page au hasard, lisant quelques lignes, recommençant un peu plus loin. Le manège dura deux à trois minutes. Enfin il reposa le livre.

Le visage de Frando traduisit alors une énorme déception. Le visiteur ne semblait pas apprécier son style. Mais il faisait fausse route.

En réalité, le tueur s'amusait avec lui. Comme le chat avec la souris. Persuadé que sa victime ne pouvait désormais plus lui échapper et qu'il avait tout le temps nécessaire pour savourer sa victoire.

– Vos livres s'adressent à des enfants de quel âge ? s'informa-t-il d'un ton détaché.

L'auteur jeunesse reprit espoir.

– Ça dépend. À qui souhaitez-vous offrir un livre ?

– À ma nièce, mentit Ullrich. Elle va avoir treize ans et comme je suis son parrain, j'ai pensé qu'un livre dédicacé ferait un excellent cadeau.

– C'est une très bonne idée en effet ! répondit Frando en piochant un livre dans une pile qui se trouvait sur sa droite.

Il le lui tendit d'un geste aimable.

– Feuilletez donc celui-ci, il convient parfaitement à une jeune fille de treize ans.

Au moment où Ullrich s'emparait de l'ouvrage, un homme assis en retrait se leva et se rapprocha d'un pas nonchalant.

Sur le coup, Ullrich faillit jeter le livre et filer vers la sortie sans se retourner. Mais il parvint à contrôler la bouffée de paranoïa qui montait en lui à la vue du badge épinglé sur sa chemisette. L'homme n'était qu'un simple libraire, lui aussi épuisé par ce fiasco culturel et financier.

Il s'arrêta à un mètre derrière l'auteur jeunesse, attendant que le visiteur veuille bien faire son choix. Aussi Ullrich prit-il son temps, parcourant le roman d'une gestuelle lascive qui s'accordait avec la chaleur ambiante.

Puis il décida d'abréger leurs souffrances.

– Vous pourriez me le dédicacer ? demanda-t-il à l'auteur, mimant l'innocence du visiteur néophyte.

En l'espace d'une seconde, Piër Frando rajeunit d'une dizaine d'années. Et un sourire naquit sur la figure déconfite du libraire.

– Bien entendu, je suis là pour ça ! répondit Frando. Comment se nomme votre filleule ?

– Elle s'appelle Camille.

L'auteur dévissait avec délectation le capuchon d'un splendide stylo-plume quand Ullrich ajouta :

– Vous n'avez qu'à écrire : Pour Camille, de la part de son oncle Adam Elvet.

– Bien…

Tandis que l'écrivain s'appliquait sur sa dédicace, Ullrich sortit un appareil photo numérique et le tendit au libraire.

– Cela ne vous ennuie pas de me prendre en photo avec monsieur Frando ? Sinon ma nièce ne croira jamais que je l'ai rencontré.

Le libraire s'empara de l'appareil et contourna la table. Ullrich se rapprocha de Frando, allant jusqu'à poser la main gauche sur son épaule.

Le libraire plia les jambes pour se mettre à leur hauteur :

– Souriez s'il vous plaît !

Mais Ullrich ne pouvait pas sourire. La froideur du métal qui venait de se plaquer sur sa nuque l'en dissuadait.

– Si j'étais vous, lui conseilla une voix ferme, je renoncerais à me servir de cette aiguille !

Le tueur écarta lentement les doigts et l'aiguille tomba au sol.

Aussitôt, il sentit l'arme s'éloigner de sa nuque.

– Bien, reculez maintenant ! Sans faire de geste brusque...

Déjà les hommes de la brigade se précipitaient et l'immobilisaient au sol. Roullier rengaina son arme de service.

– Je préfère ça, souffla-t-il. J'aurais détesté m'en servir !

Piër Frando roulait des yeux en forme de boules de billard.

– Quelqu'un aura-t-il la délicatesse de m'expliquer ce qu'il se passe ici ?

Roullier laissa ce soin à Bonal. Reprenant son souffle, il se dirigea vers Mélaine Jacobi, tandis que Garnier refermait sa paire de menottes sur les poignets de Franck Ullrich.

– Pourrais-je emprunter votre téléphone portable une minute ?

Elle lui tendit un petit boîtier argenté.

– Pas de problème !

– Merci.

Il s'éloigna sans se presser en composant son numéro personnel. Inès décrocha à la quatrième sonnerie.

– Oui ?

– C'est moi.

– Alors, vous en êtes où ?

– C'est fait, lui annonça-t-il sans la moindre forfanterie. On a arrêté le meurtrier.

Inès laissa éclater sa joie.

– Chouette ! On va partir aujourd'hui !

– Je ne pense pas, soupira-t-il. J'ai un rapport à terminer. On partira demain matin comme prévu.

– Et moi, pesta Inès, qu'est-ce que je vais faire en attendant ?

Le capitaine se tourna vers Mélaine Jacobi.

– Ne bouge pas, annonça-t-il à sa fille, je crois que j'ai une idée.

Roullier s'avança d'un pas assuré vers la jeune femme.

– Dites-moi, Mélaine, vous êtes toujours volontaire pour ce type de mission particulière ?

DERNIÈRE LECTURE

« En terminant mon récit, je regrette de n'avoir pu contribuer qu'en une si faible mesure à jeter quelque clarté sur maintes questions controversées et qu'on discute encore. »

H. G. Wells

Le lundi matin était à peine consumé lorsque Gabriel enclencha la première et qu'ils s'élancèrent vers les vacances. À hauteur de Toulon, Inès se rendormit et son père en profita pour glisser un CD où étaient compilés la plupart des morceaux qui le reliaient encore à sa jeunesse.

Durant plus d'une heure, il savoura ce retour vers le passé à sa juste mesure, conscient que cette parenthèse enchantée ne durerait pas. Dès son réveil, Inès exigerait que l'on mette ses propres CD.

À partir de ce moment-là, les kilomètres compteraient double.

Ils approchaient de Nice lorsque le guitariste de Deep Purple attaqua l'intro de *Smoke on the Water*. Gabriel régla la climatisation, vérifia qu'il ne dépassait pas la vitesse réglementaire et laissa enfin ses pensées vagabonder.

Ces trois derniers jours avaient été éprouvants et sa vision du monde s'en était trouvée modifiée.

Ainsi donc des adultes responsables jouaient à se faire peur avec des pistolets à eau ; ainsi donc un artiste commettait un meurtre, persuadé que le sang versé contribuait à créer une œuvre d'art ; ainsi donc Sarah aimait d'autres hommes ; ainsi donc Inès changeait ; ainsi donc Mélaine Jacobi était en train de prendre une place dans sa vie…

Puis mille questions se chevauchèrent en boucle dans son esprit fatigué.

Qu'est-ce qui ne tournait pas rond ? Qu'est-ce qui poussait les gens à devenir fous ? Et par quelle force mystérieuse certains parvenaient-ils à se maintenir à la surface ?

Il savait que les réponses ne seraient pas faciles à trouver, mais il n'était pas pressé.

Il décida de quitter l'autoroute.

Ils longeaient maintenant le littoral torturé. À l'entrée d'un petit village, la circulation fut ralentie à cause d'un accident qui venait de se produire. Un gendarme lui fit signe de s'arrêter, les pompiers évacuaient un des passagers du véhicule tordu autour d'un palmier. L'homme était en sang.

À même l'asphalte surchauffé, un autre corps était étendu. Quelqu'un l'avait recouvert d'une bâche et ses pieds dépassaient. La chaussure gauche était manquante.

Assise sur le rebord du trottoir, une femme hurlait sa détresse.

Gabriel fut soulagé qu'Inès n'assiste pas à ça.

Il suivit un moment des yeux un voilier qui s'éloignait au large. La mer était d'un bleu infini. La journée s'annonçait magnifique.

Sa fille dormait près de lui. Et ils étaient vivants.

« Que demander de plus ? » pensa-t-il.

Il connaissait déjà une partie de la réponse.

Presque rien.

Le gendarme s'effaça et Gabriel poursuivit sa route.

Quelques minutes plus tard, Inès ouvrit les yeux puis, lentement, s'étira en grognant.

– Où sommes-nous ? s'inquiéta-t-elle après une série de virages habilement négociés.

– On arrive à Nice.

Inès se frotta les yeux. Elle éjecta le CD en place et le remplaça par celui d'un groupe dont Gabriel n'avait jamais entendu parler. Enfin, elle monta le volume.

Et se tourna vers son père.

– Tout va bien ?

Il la regarda avec un sourire en coin.

– Tout va bien ! finit-il par lui répondre.

L'Italie leur tendait les bras. Pas question de la faire attendre trop longtemps.

Roullier accéléra.

- BIBLIOGRAPHIE -

1. Lemony Snicket, *Les désastreuses aventures des orphelins Baudelaire*, tome 1 : *Tout commence mal.*

2. Philip Pullman, *Les royaumes du Nord,* tome 1 : *À la croisée des mondes.*

3. Garth Nix, *Les sept clefs du pouvoir,* tome 1 : *Lundi mystérieux.*

4. Lian Hearn, *Le clan des Otori,* tome 4 : *Le vol du héron.*

5. Marie Mélisou, *Rêves étranges au Roucas Blanc.*

6. Antoine de Saint-Exupéry, *Le petit prince.*

7. Marcus Malte, *De poussière et de sang.*

8. Pierre Bottero, *Les mondes d'Ewilan,* tome 2 : *L'Œil d'Otolep.*

9. Richard Bach, *Jonathan Livingston le goéland.*

10. Charles Dickens, *Oliver Twist.*

11. Sylvaine Jaoui, *Bac and love,* tome 8 : *Mais qui aime qui ?*

12. Christian Grenier, *Arrêtez la musique !*
13. Romain Gary, *La promesse de l'aube.*
14. Jean-Claude Mourlevat, *La rivière à l'envers.*
15. Marie-Aude Murail, *Simple*.
16. Hélène Montardre, *Oceania,* tome 1 : *La prophétie des oiseaux.*
17. Henri-Frédéric Blanc, *Jeu de massacre.*
18. Guillaume Guéraud, *Ça va mal finir.*
19. Mark Haddon, *Le bizarre incident du chien pendant la nuit.*
20. Jack London, *L'appel de la forêt*.
Dernière lecture. H. G. Wells, *La guerre des mondes.*

RETROUVEZ
LE CAPITAINE ROULLIER
ET SA FILLE INÈS DANS

Le capitaine Roullier, accompagné de sa fille Inès, enquête sur la mystérieuse disparition de la petite Morgane qui semble s'être volatilisée sur une aire d'autoroute.

L'AUTEUR

Jean-Luc Luciani a grandi à Marseille. Il vit toujours avec sa famille dans cette grande cité portuaire propice aux embrouilles de toutes sortes. De là lui vient, sans doute, son attirance pour les histoires policières. Grand amateur de littérature noire, il s'efforce de développer avec *Brigade sud* une série où l'on vit de l'intérieur le déroulement de l'enquête et dans laquelle les personnages évoluent au fil des aventures.
Il partage son temps entre l'écriture et la direction d'une collection pour la jeunesse.
Il aime également aller au cinéma l'après-midi, traîner dans les cafés et fureter chez les libraires à la recherche de la perle rare.

Pour en savoir plus sur Jean-Luc Luciani, vous pouvez consulter son site : aujourlejour.free.fr

DANS LA MÊME COLLECTION

120 minutes pour mourir, Michel Amelin
À l'heure des chiens, Évelyne Brisou-Pellen
Allô ! Ici le tueur, Jay Bennett
Arrêtez la musique !, Christian Grenier
Assassinat rue Morskaïa, Michel Honaker
L'assassin est un fantôme, François Charles
@ssassins.net, Christian Grenier
Un automne rouge sang, Paul Thiès
Avant qu'il soit trop tard, Stéphane Daniel
Big Bug, Christian Grenier
Brigade sud : la disparition, Jean-Luc Luciani
Cadeau mortel, collectif d'auteurs
Carton rouge ou mort subite, P. Barbeau/R. Judenne
Cinq degrés de trop, Christian Grenier
Coupable idéal, Jean Molla
Coups de théâtre, Christian Grenier
Crime à tous les étages, Alice Hulot
Crime d'auteur, Jacques Asklund
Croisière en meurtre majeur, Michel Honaker
Dérapages en série, Gilles Fresse
La disparue du canal, Geneviève Senger
L'énigme des sept dragons, Thomas Brezina
Un été bleu cauchemar, Paul Thiès
Un fantôme au pensionnat, Thomas Brezina
Folle à tuer ?, Catherine Missonnier
L'heure de la vengeance, Catherine Missonnier
Un hiver blanc frisson, Paul Thiès

DANS LA MÊME COLLECTION

L'inconnue de la chambre 313, Geneviève Senger
Léo a disparu, Roselyne Bertin
Meurtre au lycée, Geneviève Senger
Le mystère du château hanté, Thomas Brezina
Des nouvelles de Logicielle, Christian Grenier
L'oiseau de mort du cap Horn, Jean Merrien
L'Ordinatueur, Christian Grenier
L'ours sort ses griffes, Jean Alessandrini
Panique aux urgences, Aubert & Cavali
Panique sur le télésiège, Thomas Brezina
Un parfum de meurtre, Sarah K.
Plongée fatale, Jacques Asklund
Un printemps vert panique, Paul Thiès
Le secret de la momie rouge, Thomas Brezina
Seules dans la nuit, Aubert & Cavali
Simulator, Christian Grenier
Sombre trafic, Catherine Missonnier
La sorcière de midi, Michel Honaker
Souviens-toi de Titus, Jean-Paul Nozière
Sur la liste des suspects, Vicki Grant
Un tueur à la fenêtre, Stéphane Daniel
Vacances criminelles, Alain Surget
Week-end mortel, Jean-Paul Nozière

Achevé d'imprimer en France en février 2008
sur les presses de l'imprimerie Hérissey à Évreux.
Dépôt légal : avril 2008
N° d'édition : 4667 - 01
N° d'impression : 107460